CECI N'EST PAS UN FAIT DIVERS

ÉGALEMENT CHEZ POCKET

SON FRÈRE
EN L'ABSENCE DES HOMMES
L'ARRIÈRE-SAISON
UN GARÇON D'ITALIE
LES JOURS FRAGILES
UN INSTANT D'ABANDON
SE RÉSOUDRE AUX ADIEUX
UN HOMME ACCIDENTEL
LA TRAHISON DE THOMAS SPENCER
RETOUR PARMI LES HOMMES
UNE BONNE RAISON DE SE TUER
DE LÀ, ON VOIT LA MER
LA MAISON ATLANTIQUE
VIVRE VITE
LES PASSANTS DE LISBONNE
« ARRÊTE AVEC TES MENSONGES »
UN CERTAIN PAUL DARRIGRAND
DÎNER À MONTRÉAL
LE DERNIER ENFANT
PARIS-BRIANÇON
CECI N'EST PAS UN FAIT DIVERS

PHILIPPE BESSON

CECI N'EST PAS UN FAIT DIVERS

JULLIARD

ISBN : 978-2-266-33752-6
Dépôt légal : janvier 2024

À T., dont le témoignage bouleversant
a fait germer ce livre.

Et pour Sophiane,
qui a été magnifiquement présent
dans les heures incertaines.

« Pauline elle est discrète, elle oublie qu'elle est belle
Elle a sur tout le corps des taches de la couleur du ciel
Son mari rentre bientôt, elle veut même pas y penser
Quand il lui prend le bras, c'est pas pour la faire danser »

Bigflo et Oli, « Dommage ».

« Ce qu'il y a de scandaleux dans le scandale
c'est qu'on s'y habitue. »

Simone de Beauvoir.

1.

Au téléphone, d'abord, elle n'a pas réussi à parler.

Elle avait pourtant trouvé la force de composer mon numéro, trouvé aussi la patience d'écouter la sonnerie retentir quatre fois dans son oreille, puisque j'étais occupé à je ne sais quoi à ce moment-là et que j'ai décroché à la dernière extrémité. Finalement, elle m'avait entendu crier son prénom dans une sorte de précipitation car j'étais tracassé à l'idée d'avoir manqué l'appel mais au moment de s'exprimer, aucun son n'est sorti, aucun, comme si soudain elle était devenue muette et, en réalité, c'était ça, exactement : elle était devenue muette, *sous la violence du choc*.

Moi, je ne savais rien du choc. Je savais juste que ma petite sœur m'appelait, ce qu'elle ne faisait qu'en de très rares occasions – on ne se parlait pas beaucoup, et généralement c'était en tête à tête, lorsque je rentrais le week-end – et si j'étais un peu surpris, je n'étais pas vraiment inquiet. L'inquiétude a déboulé quand j'ai entendu son souffle, son souffle seulement, dans le téléphone, sa respiration, la respiration de quelqu'un qui suffoque ; voilà, ça ressemblait à une suffocation.

Alors, j'ai recommencé à m'exclamer, j'ai dit : « Léa ? Léa c'est toi ? » Et pas de réponse.

J'aurais pu penser : elle me fait une blague, ou elle a appuyé sur la touche correspondant à mon contact par inadvertance et elle ignore que je l'entends, ce sont des choses qui arrivent, mais je n'ai pas pensé ça. J'aurais pu imaginer qu'il s'agissait de quelqu'un d'autre au bout du fil, une personne qui lui aurait subtilisé son portable, ou qui téléphonerait à sa place parce qu'elle en serait empêchée, mais je ne l'ai pas imaginé : j'étais certain que c'était bien elle. Ce souffle, même court, même déformé, était le sien, ça ne faisait aucun doute. Je ne pouvais pas me tromper. Ça avait à voir avec l'intimité. C'est même la preuve de l'intimité, ce genre de certitude.

Comme elle ne disait toujours rien, j'ai insisté, avec de la douceur cette fois-ci, en gommant toute angoisse, en n'y mettant aucune exaspération non plus, à croire que j'avais deviné qu'il fallait être gentil, et elle a enfin pu s'exprimer.

Elle a murmuré : *« Il s'est passé quelque chose. »*

Je me souviens très bien de la sensation de glace le long de mon échine, j'étais assis sur le tabouret devant la petite table de cuisine de mon studio et je me suis aussitôt redressé sous l'effet du froid. J'ignore pourquoi ce souvenir est si précis quand tant d'autres, demeurés flous, ont exigé des efforts considérables pour que je parvienne à les reconstituer – il faudrait que j'en demande l'explication à ma psy –, je suppose que certains instants décisifs sont inoubliables, et parfois on sait, tandis qu'ils se produisent, qu'ils sont, en effet, décisifs.

Je n'ai pas demandé : « Il s'est passé quoi ? » J'en aurais eu largement le temps puisque, avant de poursuivre, Léa a laissé s'écouler plusieurs secondes, au moins une dizaine ; les secondes qui lui étaient nécessaires pour reprendre le dessus et réussir à nommer l'innommable. Je devais soupçonner que ça ne servait à rien de formuler une telle question car ma petite sœur allait parler désormais, malgré sa voix anémiée, malgré son souffle resserré. Elle était l'unique détentrice d'une vérité et elle allait la révéler, ça lui appartenait, elle avait téléphoné dans ce seul but, me choisir s'était imposé comme une évidence, elle avait été paralysée au tout début, puis en proie à une vive émotion mais elle en était capable, elle dirait ce qu'elle avait à dire.

Et c'est ce qu'elle a fait.

Elle a dit : « Papa vient de tuer maman. »

2.

Léa avait treize ans, moi dix-neuf.

On n'était pas taillés pour une calamité de cette nature, de cette ampleur.

Personne ne l'est. Évidemment.

Sauf que nous, ça nous est tombé dessus.

3.

D'autres que moi auraient hurlé un « quoi ? qu'est-ce que tu racontes ? », demandé qu'on répète pour s'assurer d'avoir compris – en fait ceux qui demandent qu'on répète ont compris, simplement ils obéissent à un réflexe pavlovien, ils n'y croient pas, ils ne peuvent pas y croire, ou ils sont dans une forme de déni – moi je n'ai pas hurlé, pas protesté.

En revanche, j'ai ânonné un « comment ? », exigé des éclaircissements, cherché à connaître les circonstances exactes, la façon dont les choses s'étaient produites. C'est cela qui est venu. Ça ne pouvait pas demeurer aussi général, aussi colossal, il fallait des détails, du concret, du substantiel, du tangible, il fallait des frontières, des lisières.

Léa n'a pas répondu.

J'ai mesuré, trop tard, qu'on ne devait pas poser ce genre de questions à une enfant de treize ans, encore moins à la fille de la victime.

Alors, j'ai réduit mes exigences, baissé d'un ton et émis l'hypothèse qui m'a paru la moins effroyable, celle en laquelle je plaçais un dernier espoir, sans y croire pourtant : « Il n'a pas fait exprès ? »

Elle s'est contentée du strict minimum : « Si. »

Un « si » calme, définitif.

Qui nous envoyait droit en enfer.

Là, je me suis tu à mon tour.

Abasourdi, assommé par la nouvelle, écrasé par elle.

Il faut le reconnaître : c'était tellement énorme et tellement inattendu. Encore aujourd'hui, quand il m'arrive de convoquer les mots murmurés par Léa pour les réentendre dans ma tête, où d'ailleurs ils me parviennent avec une acuité confondante et une facilité désarmante, je continue d'être stupéfié et démoli. Je reste ébloui qu'ils aient été prononcés un jour.

Ensuite, j'ai été dévasté, je crois. Oui, c'est un abattement qui s'est produit, juste après. Ma mère était morte. Ma mère, qui comptait tant, que j'aimais – le vilain mot, d'ailleurs je ne l'avais jamais prononcé, idiot que j'étais – et dont j'allais être privé pour toujours, alors que j'entrais tout juste dans l'âge adulte (cette nouvelle allait m'y précipiter, comme on jette une friture dans de l'huile bouillante – cette image déroutera sans doute, elle est cependant la plus juste). Le chagrin m'a envahi. Il n'a pas provoqué de sanglots, ni même de larmes – la stupeur, ça stoppe les épanchements – mais il s'agissait bien de chagrin. Il s'agissait bien d'affliction, de désolation, appelez ça comme vous voulez.

J'ai aussi éprouvé un sentiment d'horreur. Ma mère avait succombé à une mort violente. On croit toujours que la mort de ses parents surviendra tardivement, calmement, et quand on aura eu le temps de s'y préparer.

On redoute la maladie. On écarte l'hypothèse de l'accident ; par manque d'imagination, ou par superstition. On n'envisage jamais le meurtre. Jamais l'exécution. Ça n'arrive que dans les films, ou dans les journaux à scandale.

Puis a surgi l'indignation. Ma mère venait de perdre la vie alors qu'elle se trouvait sans défense, ou en tout cas qu'il lui était impossible d'avoir le dessus. Elle était une femme menue quand mon père était une force de la nature. Face à lui, elle n'avait pas la moindre chance de s'en sortir.

Qui plus est, l'apprendre par téléphone rendait le tout encore plus irréel et ahurissant. J'étais perdu. Absolument perdu. (C'était ma faute aussi : je m'étais beaucoup éloigné et depuis longtemps, je devrai en reparler.)

Quand je raconte, on pourrait croire que cet enchaînement d'émotions a duré longtemps. Mais non, à peine une poignée de secondes. C'est extraordinaire, tous les états qu'on peut traverser en une poignée de secondes.

La respiration de ma petite sœur dans le combiné a tout renvoyé au second plan : il y avait des urgences à gérer et j'étais celui qui pouvait, qui devait les gérer. N'est-ce pas *aussi* pour cela qu'elle m'avait appelé ?

4.

« Tu es où, là ?

— Dans la cuisine.

— Seule ?

— Avec maman. »

Elle a dit « maman » comme si notre mère était encore en vie, encore une personne vivante, comme si rien n'avait changé. J'ai dû réprimer un sanglot.

Puis j'ai visualisé la scène. J'ignorais toujours les circonstances, mais il n'était pas difficile d'imaginer le cadavre au sol, du sang autour. Quand je dis : « pas difficile », qu'on ne se méprenne pas. Évidemment, c'était horrible. Et même insoutenable. Mais ça relevait de la déduction, du raisonnement, d'autant que je connaissais parfaitement la topographie des lieux.

J'ai donc *vu* Léa près du cadavre de notre mère.

Qu'on me permette de m'arrêter sur cette étrangeté. La scène, je ne l'ai jamais vue *pour de bon*. C'est pourtant elle qui continue de me hanter.

« Et papa ? Il est toujours là ?

— Non. Il a foutu le camp, je ne sais pas où. »

De nouveau, j'ai imaginé (c'était ma façon de corriger mon éloignement, mon absence, ma défection à l'instant le plus considérable). Il avait reculé d'abord, sans doute un peu hagard, avant de décamper comme un trouillard, un lâche. Peut-être n'avait-il même pas claqué la porte en sortant. Dans l'allée devant la maison, il avait tangué tel un homme ivre. J'ai immédiatement effacé cette image. Parce qu'elle atténuait la portée de son geste.

« Tu es absolument sûre que maman est… ?
— Oui. »

Je ne nourrissais guère d'espérance mais, quand on n'a jamais été en présence d'un cadavre auparavant, on peut se tromper, non ? Les coups portés (s'il s'agissait bien de coups) auraient pu ne pas être fatals. Sauf que le « oui » a été net lui aussi. Léa avait beau être bouleversée, son intelligence était intacte. (J'apprendrais qu'elle avait pris son pouls, encore une vision insoutenable.) Et, dans cette tempête, les faits établis, les vérités simples constituaient, pour elle, une boussole.

J'ai conscience de ne pas avoir terminé ma question, de ne pas avoir prononcé le terme fatidique (de cela aussi, je suis certain). Après coup, je me suis demandé si j'avais buté sur la réalité, à la façon d'un cheval qui renonce devant l'obstacle, si j'avais manqué de courage. Ou si j'avais souhaité ne pas rajouter de la violence. Je crois maintenant que Léa m'a coupé. Que c'est elle qui a choisi de me protéger.

« Toi, tu n'as rien ?
— Non. »

Il ne s'en était pas pris à elle (j'ai failli ajouter « Dieu merci », sauf qu'il n'y avait aucun dieu à remercier et s'il en existait un, il était plutôt à blâmer). Il serait temps plus tard de déterminer si mon père l'avait menacée, s'il avait tenté quelque chose – ce qui ajouterait encore à l'effroyable – mais ce qui importait, c'est qu'elle fût saine et sauve. Ce serait l'unique bonne nouvelle de cette journée d'apocalypse.

« Ne reste pas dans la cuisine, s'il te plaît. Monte dans ta chambre, ferme-la à clé et n'en sors pas. »

Il était fondamental de la mettre à l'abri, et surtout de la préserver du spectacle terrible qui s'offrait à elle. Si, moi, j'étais déjà en proie à l'effarement et à la panique, alors dans quel état pouvait-elle se trouver ?

D'autant qu'elle avait peut-être même assisté à la mise à mort, mais cela, je n'ai pas osé le lui demander. On en parlerait les yeux dans les yeux.

« Ou va chez Mme Bergeon, si tu préfères. »

J'improvisais. Rester dans la maison, même porte close, pouvait sembler rassurant, mais se révéler dangereux, si notre père revenait. Se réfugier chez la voisine offrait davantage de sécurité. À moins que le meurtrier – c'est ainsi qu'il devait être désigné, n'est-ce pas ? – ne rôde encore dans les parages.

Elle a dit : « Je préfère ma chambre. »

Un univers rassurant pour elle, un cocon, un endroit où il ne pouvait rien lui arriver. Cela étant, dans une cuisine non plus, il n'est pas censé arriver quoi que ce soit. Dans une cuisine non plus, on n'est pas censé se faire tuer.

J'ai répondu : « Comme tu voudras. »

J'ai poursuivi : « Je préviens la police. Ils seront là rapidement. Et moi, je prends le premier train. »

Elle a dit : « D'accord. »

J'ai ajouté : « Je te rappelle quand je serai dans le TGV. Je ne te laisse pas, hein. Je ne te laisse pas. »

Elle a redit : « D'accord. »

5.

Après avoir raccroché, je suis resté assis sur le tabouret.

Je devais pourtant m'occuper des gendarmes, de mon billet, mais je n'ai pas pu m'empêcher de chercher dans ma mémoire la dernière fois que j'avais vu ma mère en vie.

C'était trois semaines plus tôt. Elle m'avait raccompagné au train.

J'ai essayé de me rappeler ses derniers mots et je n'y suis pas arrivé. C'étaient sans doute des mots tout bêtes. Quelque chose comme : « Tu as vérifié que tu n'as pas oublié tes clés ? »

J'ai tenté de reconstituer la toute dernière image. Dans mon souvenir, elle se tenait sur le quai, levait la main dans ma direction pour me dire au revoir. J'avais dû lui répondre avec le même signe de la main, mais je n'en étais pas certain.

Mon imprécision, ce flottement m'ont mortifié.

J'ai senti que je ne devais pas me redresser tout de suite. J'avais besoin de recouvrer mes esprits pour ne pas être victime d'un éblouissement et chuter.

Comme après une prise de sang.

Et j'avais besoin de penser, de sortir de l'indépassable folie de la brève conversation avec ma sœur, de reprendre une forme de contrôle.

J'ai alors prononcé les mots à voix haute et en les détachant : *mon père vient de tuer ma mère.*

C'est ça qui s'est imposé : prononcer les mots à voix haute, avec l'intention d'établir leur consistance, leur matérialité, de leur conférer un sens ; avec l'espoir irrationnel de mettre également leur teneur à distance, au moins un peu.

Cependant, c'est un résultat très différent que j'ai obtenu. Devant la table minuscule, je me suis rendu compte que, si j'étais choqué, je n'étais peut-être pas complètement surpris.

J'ai pensé : ça devait arriver.

Ou plutôt : ça pouvait arriver.

Pourtant, jamais, auparavant, je n'avais formé cette prédiction. Jamais.

Alors quoi ?

Alors elle devait être tapie dans mon inconscient et voilà qu'elle surgissait.

Trop tard.

Mais non.

J'ai chassé l'idée. Ce n'était pas le moment d'être rattrapé par des trucs pareils. Et je me doutais que ça reviendrait, que j'aurais à m'en saisir. D'abord parer au plus pressé.

Normalement, j'aurais dû composer le 17. À la place, j'ai cherché et trouvé le numéro de la gendarmerie de

Blanquefort. Pourquoi ? Parce que je me suis dit : au 17, je vais tomber sur un inconnu, enfermé dans un bureau je ne sais où, installé devant un standard, avec un casque sur les oreilles, quelqu'un qui va suivre une procédure, un protocole, qui va me demander d'épeler, de répéter, qui va mettre ma parole en doute, j'ai songé : on va perdre du temps et je ne supporterai pas d'être traité avec désinvolture ou suspicion. J'imaginais qu'ils recevaient beaucoup d'appels et que leur premier réflexe c'était de trier, d'éliminer, parce qu'ils devaient tomber sur pas mal de cinglés ou de gens qui encombraient la ligne avec des incidents sans importance. J'ai voulu entendre une vraie personne au bout du fil, qui connaîtrait la ville, qui connaîtrait ma mère, peut-être. C'est une femme qui m'a répondu. Plutôt jeune, d'après le son de sa voix. Je lui ai balancé toute l'histoire, d'une traite. Elle a dû être un peu effarée mais a tout de même tranché : « On envoie une équipe sur place tout de suite. »

Quand j'y repense, elle aurait pu envisager que je sois un sinistre plaisantin mais non, elle m'a cru, sans paraître hésiter. Je présume que mon affolement l'a convaincue. Ainsi que la somme des détails que j'ai fournis : nom, adresse, téléphone, description des lieux. J'ai dit aussi : « Vous voyez la rue Poumeau-Delille ? L'arrêt de bus République ? C'est juste derrière. » Souvent, ce sont des images prosaïques qui rendent plausibles les récits les plus improbables.

Dans la foulée, j'ai filé à Montparnasse sans même acheter de billet, finalement, ni jeter d'affaires au fond d'un sac. Dans le hall, j'ai avisé le tableau d'affichage :

un train partait pour Bordeaux, cinq minutes plus tard. J'avais de la chance (cette pensée fugace m'a immédiatement semblé lugubre). J'ai repéré le quai, grimpé dans la première voiture au moment où on annonçait la fermeture des portières. Si un contrôleur entendait me coller une amende, je pourrais toujours faire valoir que ma mère venait de mourir, que mon père l'avait tuée. Vous croyez qu'il se serait entêté ? Le drame a ses avantages ; certes dérisoires. Je n'ai pas été contrôlé.

On quittait à peine Paris quand est apparu sur l'écran de mon téléphone un numéro inconnu. J'ai aussitôt décroché. Un commandant de gendarmerie s'est présenté, sans que je retienne son nom. Je l'ai prié de patienter, le temps de m'installer entre deux voitures. Il a commencé par vérifier mon identité. Indiqué qu'il « faisait suite » à mon appel et se trouvait « sur les lieux ». Il avait une voix grave, neutre, professionnelle et soudain, la voix a changé quand il a dit : « Je vous confirme le décès de votre maman. Je suis désolé. »

Je me suis demandé si, dans les écoles, on apprend aux officiers à adopter un ton plus doux, plus compassionnel quand il s'agit d'annoncer une nouvelle de cette nature, ou si l'expérience lui avait enseigné une forme de délicatesse, ou encore si, malgré les années de service, justement, il ne pouvait pas toujours retenir une certaine émotion.

Moi, en tout cas, j'avais les yeux rivés sur le symbole d'une porte de toilettes de train lorsque la mort de ma mère est devenue une information officielle, répertoriée, incontestable. C'était grotesque et c'est inoubliable.

Reprenant mes esprits, je l'ai interrogé au sujet de Léa. Recouvrant un phrasé impartial et un vocabulaire procédural, il m'a assuré qu'elle avait été « prise en charge et mise en sécurité ». J'ignorais quelle forme prenait cette prise en charge : l'avait-on installée à l'arrière d'une voiture de gendarmerie ? l'avait-on confiée à un médecin, un pompier ?

Et puis, baissant la voix alors que personne ne pouvait m'entendre, j'ai posé la question : comment maman était-elle morte ? Il a esquivé : « Vous ne préférez pas être sur place pour que je vous communique ces informations ? » J'ai compris que ce qu'il avait à m'apprendre était atroce. J'ai insisté et il a cédé, recourant néanmoins à une formule policière, réglementaire, pour en atténuer la portée, probablement : « Utilisation d'une arme blanche ». Ma mère avait donc été poignardée. « À de multiples reprises. » Ma mère avait été lardée de coups de couteau.

6.

Je n'ai pas conservé de souvenirs précis du trajet. Les paysages ont défilé, ils m'étaient familiers – j'empruntais ce train régulièrement, à l'époque – mais je ne les ai pas regardés, ou j'étais devenu aveugle, c'était du vert, du vert en mouvement, ou bien des champs à perte de vue, rien qui puisse fixer l'attention. Je me rappelle juste une femme, absorbée par la lecture d'un magazine, et plus loin une fillette turbulente, et avoir été agacé par ses exclamations, sa bougeotte. Je m'en suis voulu de mon agacement. J'aurais dû, au contraire, être émerveillé par cette enfant qui ignorait tout de la fragilité de nos vies et qui se moquait des drames alentour. J'ai placé mes écouteurs dans mes oreilles. Écouté les tubes des Pet Shop Boys. De la pop sucrée, en totale contradiction avec la situation, mais je m'en fichais. Ce qui comptait, c'était la musique et la distraction.

J'ai échangé des SMS avec Léa (elle m'a confirmé qu'un gendarme ne la quittait pas). Je tenais ma promesse. Je la rejoignais, je serais bientôt avec elle, je pourrais la serrer dans mes bras. Pour autant, je n'ai pas écrit que j'allais la serrer dans mes bras. Il ne fallait pas donner l'impression de céder à la commisération, ou de dérégler nos pudeurs. C'était d'ailleurs ridicule. Les circonstances étaient tellement exceptionnelles qu'elles auraient justifié, sans que nul n'y trouve à redire, une remise en cause de nos habitudes. Il faut croire que, même au cœur de l'effroyable, de l'impensable, quelques réflexes demeurent.

Tout à ma hâte de la retrouver et à ma culpabilité (déjà) de l'avoir laissée seule face à l'événement, le temps aurait pu me sembler long et curieusement il n'en a rien été. Je ne l'ai pas vu passer parce qu'il était abstrait, confus, à la fois tumultueux et embrouillé. C'était un mal pour un bien.

Ce brouillard s'expliquait aisément : je ressassais. Je me demandais *pourquoi* mon père avait tué ma mère, *comment* il avait pu en arriver là. Et, comme dans les rêves ou les cauchemars, j'étais incapable de passer au stade suivant. La question se répétait, encore et encore, formait une boucle parfaite et insupportable.

À la gare Saint-Jean, je n'ai pas pris le tram comme je le faisais chaque fois, j'ai sauté dans un taxi, qu'importe si j'y abandonnais mon argent de la semaine ou presque, je ne voulais pas perdre de précieuses minutes.

La voiture m'a bêtement renvoyé à l'enfance, aux sensations de l'enfance. Quand on était assis à l'arrière, Léa et moi, et que les parents étaient crispés à l'avant. Lui parce que ça n'avançait pas, ça n'avançait jamais, à croire que les embouteillages lui étaient réservés, que les gens faisaient exprès de s'agglutiner ou de conduire mal simplement pour le faire fulminer.

Elle parce qu'elle avait sans cesse la peur d'avoir oublié quelque chose, prendre son porte-monnaie, fermer la maison à clé, ou parce que la perspective des courses au centre commercial l'angoissait, c'était pourtant une chose ordinaire mais elle redoutait de ne pas avoir tout inscrit sur sa liste, elle redoutait les Caddies qui s'entrechoquent, même quelquefois les annonces inopinées au micro qui proposaient des réductions exceptionnelles. En fait, quand j'y songe, elle était souvent apeurée. Dans le taxi, je me suis dit qu'on n'y avait pas prêté suffisamment attention. Que ça venait forcément de quelque part.

Maintenant que j'ai interrogé les proches, la famille, les amis, les voisins, les collègues, sollicité les avocats, les experts, exploré les dossiers judiciaires, écouté attentivement les propos des victimes et des meurtriers, lu des choses sur Internet, j'ai acquis une certitude : ça venait de lui, mon père.

7.

Quand je suis arrivé sur place, plusieurs véhicules de gendarmerie étaient stationnés et le pavillon cerné par un périmètre de sécurité derrière lequel se tenaient des badauds. Les gens raffolent des faits divers, ils ralentissent sur le bord des routes lorsqu'ils parviennent à la hauteur d'une collision qui vient de se produire, ils tiennent à être aux premières loges parce que c'est un spectacle. Là, ils scrutaient les visages des enquêteurs, interprétaient chacune de leurs mimiques, attendaient de voir sortir un brancard, un cadavre. Ils se désolaient, partageaient leur effroi, mais n'auraient pour rien au monde quitté leur poste d'observation. Ce n'était pas de la compassion, en tout cas pas seulement, c'était du voyeurisme. Dans l'assistance, j'ai repéré deux ou trois visages connus. Une colère m'est venue : c'était de ma mère qu'il s'agissait, n'avaient-ils donc aucune pudeur ? Cette colère s'est dissipée quand le commandant s'est avancé vers moi pour me permettre de franchir la barrière de sécurité.

Pierre Verdier, il faut dire quelque chose de lui. Un homme intègre, voilà la première impression qu'il m'a faite. Probablement à cause de sa rectitude, de ses cheveux blancs, de ce sens du service public qui émanait de lui. Il y a des gens comme ça, vous avez l'impression qu'ils sont là pour vous assurer que tout ira bien. C'était ça, Pierre Verdier. Ça ne disait rien de sa compétence. Et je pouvais me tromper du tout au tout. Mais enfin, j'ai pensé : on est entre de bonnes mains.

(J'ignorais alors que parfois des gendarmes passent à côté de l'essentiel, que parfois ils n'accordent pas aux cris de détresse l'attention qu'ils méritent.)

Pourtant, cette confiance dont je le gratifiais d'emblée n'avait pas tellement d'importance : ma mère était morte et on savait qui l'avait tuée, il n'y avait pas de mystère à élucider, pas d'enquête à conduire. Juste un meurtrier à rechercher. Puisque, à ce moment-là, mon père s'était volatilisé dans la nature. Sauf que, dans ces instants où on est si démuni et si bouleversé, la première main tendue on la saisit, la première voix apaisante on l'écoute.

Il m'a présenté de nouveau ses condoléances, conduit sur le côté du pavillon, loin des curieux, demandé si j'avais besoin de quelque chose. Et parce qu'il semblait gagner du temps dans cette conversation lente et presque à voix basse, j'ai soudain pris conscience que je ne serais pas autorisé à entrer. Ce qu'il m'a confirmé aussitôt : « C'est une scène de crime, vous comprenez. Et votre mère se trouve encore à l'intérieur. En revanche, on vous demandera de reconnaître officiellement son corps quand elle aura été transportée à la morgue. »

Je suis tombé sur mes genoux.

Littéralement.

Il y a eu soudain une clameur dans l'assistance. Certains avaient dû me voir chuter, voir le commandant s'efforcer de me remettre sur pied, un de ses subordonnés accourir pour lui prêter main-forte.

Une fois relevé, j'ai aperçu de la poussière sur le bas de mon pantalon, je l'ai frottée machinalement. Ces détails demeurent très précis dans ma mémoire. Tout me semblait inaccessible à la compréhension, tout avait l'air de se passer dans une brume et, malgré tout, je n'ai pas oublié ce geste, dissiper la poussière sur le bas du pantalon. Pas oublié non plus le murmure général.

J'ai protesté : je voulais voir ma mère, c'était inhumain de me le refuser. Le commandant a conservé son sang-froid : on ne pouvait pas pénétrer sur le lieu d'un meurtre, pas risquer de l'endommager, une enquête était ouverte, elle emportait tout, la procédure devait être observée à la lettre, il était désolé mais c'était ainsi. Et pour que je m'entre bien dans le crâne que tout avait changé, il a précisé : « De surcroît, on posera des scellés sur la maison, vous allez devoir vous trouver un autre hébergement. »

Je l'ai dévisagé quelques instants, je n'étais plus en colère, la colère s'était subitement dissipée, je venais de comprendre que, oui, en effet, plus rien ne serait pareil, que notre vie appartenait désormais au fait divers, qu'elle relevait de la police, de la justice, que nous n'avions plus notre mot à dire.

8.

J'ai supplié : « Léa, au moins, je peux ? »

Pierre Verdier a acquiescé : « Votre voisine a proposé de l'accueillir. Mais elle devra se présenter rapidement à la gendarmerie. Nous avons besoin de l'interroger. Elle est le seul témoin. »

À cette seconde, j'ai su.

J'ai su qu'elle avait *tout vu*.

Que ma sœur avait vu sa mère être assassinée par son père.

J'ai aussitôt pensé : combien d'années seront nécessaires pour qu'elle surmonte ce traumatisme, pour qu'elle remonte de ces profondeurs ? Et d'ailleurs, était-ce juste une question de temps ?

J'ai ressenti une immense compassion et une immense douleur. Je ne sais plus dans quel ordre.

Et puis j'ai tout chassé. Je devais garder les idées claires.

J'ai enchaîné, avec un étrange débit de mitraillette : « Je pourrais l'accompagner ? Ma sœur. Au poste ? »

L'homme en uniforme a hésité : « Officiellement, vous n'êtes pas un témoin et je ne voudrais pas que vous l'influenciez dans sa déposition, même malgré vous. »

J'ai supplié de nouveau : « Elle est mineure… Et ça va être tellement dur pour elle, ce serait mieux que je sois à ses côtés. »

Il a accédé à ma requête d'un hochement de tête.

J'ai alors marché en direction de la maison des Bergeon, identique ou presque à celle de mes parents. Nous habitions une zone pavillonnaire, tout avait été construit au même moment, au milieu des années 1970, tout se ressemblait. Y compris le jardin devant.

Oui, c'était la même maison, mais dans celle-ci personne n'était mort, personne n'avait été tué. Je me suis dit : c'est comme la foudre, elle tombe sur un arbre et épargne celui juste à côté. C'est une question de fatalité ou de chance.

Pourtant, le hasard n'avait sans doute pas sa place dans cette histoire.

Et, si je le devinais, je refusais encore de le formuler.

J'ai aperçu Léa. Elle se tenait debout derrière la fenêtre du salon. On aurait pu croire, puisqu'elle scrutait notre domicile, qu'elle ne voulait pas perdre une miette de ce qui se passait, ou qu'elle était hypnotisée par le ballet des gendarmes, le rouge du camion de pompiers, il n'en était rien. Je connaissais ce regard, c'était son regard d'introspection, de retranchement du monde extérieur, elle ne distinguait rien, d'ailleurs elle ne m'a pas vu m'approcher, sinon elle m'aurait fait un signe, elle m'aurait peut-être même souri. Non, à coup sûr, elle était en train de reconstituer la scène à laquelle elle avait assisté, elle était assaillie par ces images, envahie, assiégée par elles, je l'ai supposé à la terreur que j'ai lue dans ce regard lorsque j'ai été au plus près de la fenêtre. Une terreur monumentale.

J'ai prononcé son prénom, assez fort pour qu'elle s'extraie de son cauchemar et découvre qu'elle n'était plus tout à fait seule désormais. J'étais là, nous allions affronter l'épreuve ensemble, à deux nous avions, qui sait, une petite chance d'y parvenir. En tout cas, j'étais convaincu que beaucoup dépendait de moi, de ma force, de mon amour pour elle, je ne devais pas flancher. C'était commode aussi de se répéter ce mantra, cela m'évitait d'être dévoré par le chagrin, par la stupeur et par la haine. Il y avait des choses qui passaient avant. Il y avait Léa.

Avec le recul, je sais que, sans le faire exprès, ma sœur m'a sauvé de passions trop tristes, ou de bouillonnements trop amers. Ils ne m'étaient pas permis.

Quand je l'ai rejointe, je l'ai prise dans mes bras. Finalement, je me suis autorisé cette tendresse. Ou plutôt ça s'est imposé, ça a débordé. Léa s'est laissé faire mais il m'a semblé que c'était comme enlacer un arbre : elle ne m'a pas rendu mon accolade, gardant ses bras le long du corps. Cette apathie n'était pas une hostilité, elle disait que la vie s'était retirée d'elle ; la possibilité d'un mouvement, d'un sentiment. J'ai mieux mesuré la violence qu'elle avait subie, qui la laissait exsangue, inconsistante.

J'ai repéré Mme Bergeon : elle se tenait à bonne distance, dans l'embrasure de la porte de la cuisine, les bras repliés sous la poitrine, les mains nerveuses, les yeux luisants. Comment mieux dire un accablement et une impuissance ? Je lui ai adressé un petit signe de la main pour témoigner ma gratitude.

J'aimais beaucoup Mme Bergeon. Elle et son mari étaient nos voisins depuis toujours, ils avaient emménagé six mois avant nous. Frédéric, leur aîné, avait un an de plus que moi, Lucie, la cadette, un an de moins, nous avions grandi ensemble. Elle savait tout de notre famille, de nos existences. Elle discutait avec ma mère, de l'autre côté de la palissade. Elles s'échangeaient leurs recettes, se rendaient service, se dépannaient, ne s'étaient jamais disputées une seule fois. Elles n'étaient sans doute pas des amies, l'amitié c'est autre chose qu'une fréquentation bienveillante, mais proches, dans tous les sens du terme, ça ne faisait aucun doute.

D'éternité, Mme Bergeon avait cru vivre en sécurité, malgré les horreurs que rapportait la télévision, malgré la peur qui s'insinuait partout, elle était convaincue qu'il ne pouvait rien leur arriver, rien à eux, elle découvrait qu'elle s'était trompée, que le pire peut s'inviter là où on ne l'attend pas.

Elle venait aussi de découvrir son aveuglement. Comment avait-elle pu passer à côté de ça, les problèmes dans ce couple qui avaient conduit à l'irréparable, la fureur de l'homme qui d'un coup avait tué ? Elle n'avait pas besoin de me le confesser, ses yeux épouvantés et affligés parlaient pour elle.

Il y avait aussi de la culpabilité dans son expression.

J'ai serré Léa plus fort contre moi.

9.

Deux heures plus tard, je me trouvais à l'institut médico-légal, ainsi qu'on me l'avait demandé.

J'y suis arrivé tel un somnambule, au point que je ne me rappelle rien du trajet, ni même du gendarme qui m'a accompagné. La mémoire me revient avec l'homme qui m'a accueilli, un certain Joseph. Son prénom était écrit à la main, en lettres capitales, sur un badge au revers de sa blouse, il m'a marqué, il m'est resté.

L'homme m'a prié sur un ton très doux de le suivre et je lui ai obéi, entre prostration et effroi (à ce moment-là, je ne décidais plus de rien, j'avais renoncé à toute prétention). Nous avons longé un couloir interminable dont les murs étaient vert olive, Joseph marchait un peu de guingois, je me suis demandé si c'était une malformation de naissance ou la conséquence d'un accident, me concentrer sur ce genre de détail m'évitait probablement de m'évanouir. Il m'a fait pénétrer dans une pièce froide, carrelée, propre, éclairée par des néons. Sur un côté, il m'a désigné des tiroirs. J'ai compris que c'était là qu'on rangeait les corps sans vie.

Il a dit : « Votre mère est recouverte d'un drap, je vous montrerai seulement son visage et vous me confirmerez qu'il s'agit bien d'elle, ça ne prendra pas plus de dix secondes, je vous conseille de ne pas vous attarder, songez que c'est juste une obligation administrative. »

J'ai pensé qu'il devait répéter son laïus chaque fois. Pensé qu'il avait raison, que peut-être ce serait moins insupportable si c'était « juste une obligation administrative ». Pensé également que je n'arriverais pas à considérer cela comme une obligation administrative.

Il s'est exécuté avec célérité, soulevant néanmoins le drap d'un geste délicat. J'ai découvert le visage dévoilé et détourné le regard aussitôt. C'était effectivement insupportable. J'ai opiné. Cela suffisait à Joseph. Il devait être habitué à ces aphasies.

Le tiroir s'est refermé dans un claquement sec. J'ai pensé : ça a été si bref, peut-être que je croirai un jour que ça n'a pas existé, peut-être que j'oublierai parce que ce sera trop flou, trop imprécis. J'avais besoin de ces fausses espérances, de ces affabulations, pour ne pas devenir tout à fait dingue.

Longtemps après, je me suis dit : si j'avais vu, dès ce jour-là, tout le corps, toute l'étendue des dégâts, ça m'aurait mis à égalité avec Léa, elle aurait été moins seule dans l'épouvante. Et les choses auraient peut-être tourné différemment, qui sait ?

Cela étant, même si on m'y avait autorisé, je crois que je n'aurais pas accepté de voir ma mère nue. J'aurais eu la sensation de lui voler sa dernière intimité.

10.

Dans la foulée, je suis passé récupérer Léa et on est allés à la gendarmerie.

J'avais traîné quelquefois devant ce bâtiment en pierre bordelaise, auquel on avait adjoint une annexe moderne, au toit plat, le long de l'avenue du Général-de-Gaulle, sans jamais entrer. On vivait à Blanquefort depuis toujours, mais l'occasion ne s'était jamais présentée. C'est assez courant ; on n'a pas tellement de raisons de rendre visite aux gendarmes.

J'étais donc un peu décontenancé en poussant la porte car le lieu m'était à la fois familier et inconnu. J'ai donné notre nom à l'accueil, mais la jeune femme de garde m'a coupé, en nous contemplant, ma sœur et moi, avec une pitié appuyée : « Je sais qui vous êtes. Je vous amène chez le commandant. » (Nous découvrions la pitié, elle deviendrait une compagne familière.)

On lui a emboîté le pas et on a remonté un long couloir (le deuxième de la journée pour moi, y en aurait-il d'autres ?), des portes étaient ouvertes, et derrière ces portes, des gens nous adressaient des coups d'œil furtifs, comme on détaille des bêtes curieuses, mais peut-être que je me trompe, peut-être que j'invente.

D'emblée, Pierre Verdier nous a indiqué que notre père demeurait introuvable et souhaitait disposer de tous les éléments, même anodins, qui pourraient se révéler utiles afin de le « localiser » au plus vite.

Comment était-il habillé ? S'était-il blessé ? Avait-il dit ou laissé entendre quelque chose dans le déferlement de sa violence ? Ou après ? Quelles étaient ses habitudes ? Avait-il un lieu de prédilection ? Et d'autres questions encore que j'ai oubliées.

Bien sûr, il fallait aussi raconter dans le détail *ce qui s'était produit*. Et dresser un « portrait psychologique de l'assaillant » ; je reprends sa formule.

Verdier savait que ce moment serait délicat, il a donc pris le temps nécessaire avant d'entrer dans le vif du sujet, a laissé Léa s'accoutumer au bureau. Cependant, elle n'a pas cherché à apprivoiser les lieux, se contentant de fixer l'homme assis en face d'elle et de répondre machinalement aux interrogations préliminaires.

Puis, quand elle s'est sentie prête, elle a respiré un bon coup et posé le décor : « J'étais dans ma chambre, j'ai entendu du bruit, mes parents se disputaient en bas. »

Le flic l'a interrompue, dans un murmure : « Tu sais à quel sujet ? »

Elle a fait non de la tête. Ils n'en étaient pas à leur première dispute, elle préférait fermer les écoutilles dans ces cas-là, attendre que ça passe, mais ça n'était pas passé, ça avait duré. C'est là qu'elle avait entendu un bruit de vaisselle qu'on casse.

« Tu peux être plus précise ? a demandé Verdier.

— Comme si on avait jeté des assiettes par terre », a-t-elle répondu. Avant d'ajouter : « J'ai pensé que c'était forcément mon père, maman n'aurait jamais cassé d'assiettes. »

« Ou bien il l'a projetée contre le buffet et la vaisselle s'est renversée ? C'est possible ? » a-t-il objecté.

Elle a dit qu'elle n'en savait rien, mais que oui, c'était possible. Après le tintamarre du bris de vaisselle, elle s'était postée devant la porte de sa chambre au premier étage, mais n'avait pas pu distinguer ses parents dans la cuisine, « pas depuis le palier », alors « j'ai dû descendre deux ou trois marches et, de là, je les ai vus ».

À cet instant, elle s'est interrompue et a été saisie d'un hoquet, qui est devenu un sanglot, puis un souffle court.

Verdier a dit : « On a tout notre temps. » C'était un mensonge, cela aussi nous le savions tous les trois, elle l'a toutefois saisi comme un type en train de se noyer saisit la perche qu'on lui tend.

Je ne la quittais pas des yeux, aveugle au léger désordre du bureau, aux affiches officielles aux murs, à la pauvreté de l'Administration. C'était ma façon de soutenir ma sœur, c'était aussi parce que j'étais en train de découvrir la vérité (je n'avais pas eu la force d'en parler avec elle chez Mme Bergeon, je m'étais répété : c'est trop tôt, je prétendais protéger Léa ; c'est moi que je protégeais, bien entendu) et j'avais au moins besoin du secours d'une rigidité pareille pour être certain de pouvoir l'encaisser.

Léa a repris : « J'ai vu mon père donner les coups de couteau. En fait, c'est bizarre, je les ai entendus aussi, je ne parle pas des hurlements de maman, je parle bien des coups, je ne savais pas que ça faisait du bruit. »

On a échangé un rapide regard, le commandant et moi. Je crois qu'il avait plus peur pour moi que pour ma sœur.

Elle a poursuivi : « Il y a eu beaucoup de coups, beaucoup. »

Dix-sept. Le nombre exact figurerait dans le rapport d'autopsie. Le gendarme le savait déjà, moi non.

Je me suis levé d'un bond, j'avais envie de vomir, je me suis précipité contre un mur, me suis recroquevillé au-dessus d'une poubelle que j'avais repérée, et rien n'est sorti, que des râles, des cris gutturaux, des cris d'animal.

Verdier s'est levé à son tour, s'est approché de moi et m'a glissé : « Je suis désolé, nous devons continuer. Vous vous en sentez capable ? »

J'ai fait oui de la tête, on est retournés s'asseoir. Léa était blême et calme.

11.

Ça tournait dans ma tête. J'étais partagé entre la volonté, la nécessité d'en savoir davantage, de tout savoir même et la terreur d'être déchiqueté par la vérité.

Chez ma sœur, les choses paraissaient plus simples : on l'interrogeait, elle répondait, elle était témoin, elle rapportait les faits. Les apparences étaient évidemment trompeuses : il était facile d'imaginer la tempête sous son crâne, on savait le traumatisme qui lui avait été infligé. Mais disons que sa placidité relative, sa précision et même sa détermination faisaient illusion. Elles suscitaient mon admiration.

Et aussi mon inquiétude. Je me disais : elle prend sur elle, elle déploie des efforts inhumains pour tenir bon, pour faire ce qu'on attend d'elle mais elle finira par s'écrouler, s'écrouler véritablement, et qui sait alors si les dégâts ne seront pas plus terribles encore ?

Ma seule certitude était que nous étions durablement endommagés. Il restait à déterminer jusqu'à quel point.

En attendant, il fallait continuer d'obéir aux sollicitations de Pierre Verdier.

« Il a dit quelque chose ? Ton père ? Pendant ? Après ? Je ne te le demande pas de gaieté de cœur, tu comprends bien, c'est juste pour savoir si, dans sa rage, il aurait pu laisser, malgré lui, des indices pour la suite, pour sa cavale… »

Léa a suffoqué de nouveau, la question était si épouvantable, cependant elle a cherché dans sa mémoire ; si ça pouvait être utile, alors elle devait s'appliquer.

« Il hurlait des choses mais je ne sais plus quoi, je ne voyais que les coups, que ma mère qui essayait de se protéger avec ses bras, ma mère qui tombait, qui le suppliait d'arrêter, toutes les autres paroles c'était de la bouillie.

— Tu ne te rappelles vraiment pas ?

— C'étaient des insultes, je crois. Ah et des reproches aussi, il disait que c'était elle qui l'avait poussé à bout, que c'était sa faute à elle, tout ça.

— Et après ?

— Après ? Il m'a aperçue.

— Et ?

— Il avait un regard que je n'avais jamais vu… Et toujours le couteau à la main…

— Il t'a menacée ? Il s'est approché de toi ?

— Non, il est resté comme ça, quelques secondes à me regarder, et il a filé. Sans lâcher son couteau.

— Pour tuer d'autres gens, tu penses ?

— Non. Il avait fini. Il était… fatigué.

— Fatigué ?

— Il soufflait très fort, comme une personne qui aurait couru trop longtemps…

— Mais le couteau, tout de même, il ne l'a pas jeté, il ne s'en est pas débarrassé…

— Je pense qu'il ne le voyait plus, qu'il ne le sentait même plus, c'est juste que sa main le tenait et il ne l'a pas desserrée. C'est qu'une impression, hein, mais je crois que je ne me trompe pas. »

C'était curieux mais je saisissais ce qu'elle voulait dire, son intuition me paraissait la bonne alors que je n'avais pas été témoin des faits et que je ne pouvais donc en rien la corroborer, je *voyais* l'épuisement du meurtrier une fois son acte commis, et j'étais *certain* que sa seule victime serait ma mère, elle était son unique cible, l'unique objet de son ressentiment, l'unique destinataire de sa haine, l'unique raison de son déchaînement, l'unique réceptacle de sa furie, il n'y aurait pas d'autre martyr, même par désespoir, même foutu pour foutu.

« Léa, je dois encore te demander quelque chose… »

La phrase a provoqué une nouvelle déflagration muette.

« D'après ce que tu as entendu, puis vu, d'après ce que tu as perçu, ton père était-il rentré à la maison dans l'intention de tuer ta mère ou c'est la dispute qui a déclenché son acte ?

— Quelle différence ça peut faire ?

— C'est celle entre un assassin et un meurtrier. »

D'abord, elle n'a pas répondu. Puis elle a lentement tourné la tête et m'a dévisagé, comme si je pouvais l'aider à répondre. Et j'ai compris. J'ai compris, à sa façon de me scruter, qu'elle me disait en silence : « On s'en

doutait, non ? On s'en doutait que ça pouvait arriver ? »
En retour, j'ai baissé les yeux.

Elle a dit au flic : « Je ne sais pas. »

12.

Les gendarmes cherchaient mon père. Des renforts étaient arrivés de Bordeaux. Un appel à témoins avait été lancé. Une invitation à se rendre lui avait été adressée, par le biais des télévisions dépêchées sur place. Une battue serait organisée rapidement, si nécessaire.

Pierre Verdier, quant à lui, se concentrait sur ses investigations, sur les éléments qu'il devrait fournir au juge qui venait d'être désigné, sur le procès-verbal qu'il communiquerait à la justice. Il poursuivait donc son interrogatoire.

Et il s'est tourné vers moi pour la première fois.

« Si vous me parliez d'eux… vos parents… »

Je me suis senti aussitôt démuni. D'abord parce qu'il avait été logique jusque-là que je ne dispose pas de la parole et parce que je n'avais pas envisagé de sortir de ma neutralité. Qui plus est, je n'avais jamais *parlé de mes parents*. Je veux dire : jamais dans le détail, jamais de leur relation. J'avais certes mentionné à mes amis les professions qu'ils exerçaient, la ville où ils habitaient, l'âge qu'ils avaient, mais pas davantage, je m'en étais tenu à des choses concrètes, objectives, tangibles, qui n'exigeaient de ma part aucun jugement, aucun parti pris, aucun dévoilement, et cela me convenait. L'exercice auquel on me conviait relevait de l'intime, demandait une introspection, et, de surcroît, aurait bénéficié d'une préparation, d'un travail préalable. Je me suis néanmoins efforcé de satisfaire le commandant, par discipline. Cela étant, je dois reconnaître que j'ai persisté à m'en tenir à des généralités, ou à des impressions, j'ai été plus d'une fois arrêté par des réticences, et surtout je me suis rendu compte que beaucoup d'éléments me manquaient, beaucoup de pièces de leur puzzle. Aujourd'hui, après ces mois, ces années passées à enquêter, à interroger leurs proches, je raconterais une tout autre histoire.

Je vous la livre, cette histoire. Elle est probablement plus pertinente que les pauvres fragments que j'ai lâchés à l'époque.

Et, cette fois, je commence par ma mère, puisque c'est elle qui en est le cœur. (Devant le commandant, j'avais d'abord parlé de lui. C'était naturel, me dira-t-on, c'est après lui qu'on courait, mais il aurait fallu ne pas être obéissant, ne pas être méthodique, elle méritait qu'on commence par elle.)

Cécile Morand. Née au milieu des années 1970. Si aussitôt vous visualisez l'imagerie de l'époque, les pantalons pattes d'eph, les fleurs dans les cheveux, la paix et l'amour, le retour à la nature, les combats féministes, les luttes ouvrières, Pompidou bouffi de cortisone, vous vous fourrez le doigt dans l'œil. Bien sûr que c'était ça, mais pas à Blanquefort, Gironde, sept mille habitants à ce moment-là. Cécile Morand était avant tout la fille du buraliste. Et ça suffisait pour la définir, ça la résumait, ça résumait son monde.

Fille unique. Enfant miraculeuse, venue après quatre fausses couches, et même une résignation, apparue alors que tout espoir avait été remisé, comme on range les vêtements légers dans les armoires une fois que l'été s'en est allé. Enfant aimée, donc, et plus que cela encore, choyée, mais pas pourrie gâtée, parce que ce n'était pas le genre de la maison, on ne jetait pas l'argent par les fenêtres, on ne voulait pas d'une fillette qui n'aurait pas su la valeur des choses et aurait eu de mauvaises manières, un esprit condescendant. Enfant moyenne à l'école, parce que les parents n'avaient pas dépassé le certificat d'études et ne possédaient pas les clés de l'excellence, n'étaient pas non plus dévorés par l'ambition. Enfant sociable, dont les amies occupaient les pavillons voisins, parce que c'était ça, la vie, s'entendre avec ses voisins, se saluer le matin et le soir, s'inviter les uns et les autres à l'occasion. Enfant sédentaire, on ne rêvait pas de grands espaces, on n'avait pas les moyens, et le bureau de tabac-maison de la presse ne fermait que quinze jours par an. Tout de même, il y avait eu des colonies de vacances dans les Pyrénées, un séjour en Espagne une fois, et une virée à Londres à l'adolescence ; pas tellement plus. Une existence étriquée, médiraient certains, mais elle ne voyait pas les choses ainsi. Et puis, quand elle a eu dix-huit ans, les maigres possibles se sont refermés d'un coup, la mère est morte, cancer foudroyant, partie en moins d'un mois, chagrin tout aussi foudroyant, et pas le temps de s'y complaire, pas le genre de la maison non plus, il fallait tenir la barre, le père a dit à sa fille : et si tu la remplaçais à la boutique ? si tu venais travailler avec moi ? vendre des journaux, du tabac, des jeux à gratter, servir des coups au comptoir, ce n'est pas un sot métier, c'est un métier avec des contacts, qui ne risque pas de disparaître, et c'est bien beau d'avoir son bac, mais tu vas faire quoi avec ? Elle a dit oui, elle n'allait pas dire non à son père, non à un veuf. De fille de buraliste, elle est devenue buraliste elle-même. Elle l'était encore le jour de sa mort.

« Un beau brin de fille », ont dit les gens qui l'ont connue à dix-huit ans. Les gens, c'étaient les amis de ses parents, ses oncles, son grand-père. Des types de son âge, eux, se sont plutôt souvenus qu'elle était « canon », d'autres qu'elle avait « beaucoup de charme » avec ses longs cheveux bruns et son grain de beauté au-dessous de l'œil gauche. Ses copines de l'époque ont assuré qu'elle était « drôle, vive, sans chichis, et toujours là si on avait un coup dur ». J'ai appris qu'elle aimait aller danser, le samedi soir, dans une boîte à Bordeaux (on m'a cité le nom, j'ai oublié, elle a fermé depuis). Qu'elle aimait déjà se balader sur la plage d'Arcachon, le dimanche après-midi, quand le magasin faisait relâche. Qu'elle lisait des romans à l'eau de rose : on se moquait d'elle, mais elle s'en fichait. Elle a connu des flirts, des amourettes, rien de bien sérieux, rien qui dure, s'en est accommodée. Et puis, un jour, sa route a croisé celle de Franck Malzieu. Mon père.

13.

Ce dont je me souviens, c'est qu'il parlait peu de son enfance et, quand il en parlait, il ne pouvait pas s'empêcher d'être rattrapé par une certaine aigreur. Ma tante Muriel, la seule avec qui j'ai pu m'entretenir après les événements, m'a dit : « La séparation de nos parents, alors qu'on était encore tout petits, l'a vraiment perturbé. Il ne le montrait pas, sauf que moi qui le connaissais par cœur, je savais. Il ne comprenait pas la raison de cette séparation. Pourtant, c'était simple : nos vieux n'étaient pas faits pour vivre ensemble, ils se disputaient tout le temps, et notre père n'avait qu'une envie, retourner en Lorraine d'où il était originaire, et c'est exactement ce qu'il a fait, dès que le divorce a été prononcé, c'est pour ça que tu ne l'as jamais vu, il a disparu du paysage. Ma mère nous a élevés seuls, ton père, ton oncle et moi. Et je crois que Franck leur en a voulu à tous les deux, de ne pas être restés ensemble, de ne pas avoir tout fait pour rester ensemble. Il s'est renfermé. Il est devenu dur. Dur avec notre mère, avec nous, son frère et sa sœur. Dur au mal aussi. Quand il se blessait, et ça lui est arrivé plus d'une fois, au rugby, ou quand il a eu ses accidents de moto, il faisait comme si c'était rien, alors qu'il était en sang. Et pas bon à l'école. Ça ne l'intéressait pas. Il rendait ses devoirs en retard, il était insolent, ne travaillait pas. Il n'est même pas allé jusqu'au bac. Il rêvait de travailler dans le vin, dans un château, il disait que les études ça ne servait à rien pour ce type de métier, qu'on se formait sur le tas, et qu'on pouvait se faire une place au soleil. C'était son expression, se faire une place au soleil. Il a essayé, il a été embauché dans des vignobles quand il avait dix-sept ou dix-huit ans, mais ça n'a pas marché, ils ne l'ont pas gardé, ou il est parti. Et la seule chose qui lui plaisait, de toute façon, c'était sa bécane. Ma mère lui en avait acheté une et il passait son temps dessus. C'est comme ça qu'il a rencontré ta mère. Un soir, à Bordeaux, à l'entrée d'une boîte. Ils sont arrivés au même moment, elle avec des copines, lui sur sa moto. Il l'a remarquée, il a fait son intéressant sur son engin, elle, ça l'a fait rigoler. Voilà. Il n'y avait pas vos applis de drague comme aujourd'hui : ils ont fait connaissance par hasard, et dans la vraie vie. Si on avait su comment ça allait finir… »

En écoutant Muriel raconter, je me suis rendu compte que presque tout ce qu'elle me disait m'était étranger. Pourtant, il n'y avait rien de confidentiel, de secret dans son récit. La réalité, c'est qu'on cherche rarement à savoir qui étaient nos parents avant qu'ils ne deviennent nos parents. On dispose d'informations, bien sûr. On connaît approximativement leur parcours, on sait ce que faisaient leurs propres parents puisqu'on les fréquente en général, on possède des repères, des balises, mais souvent on n'a pas cherché à en apprendre davantage, comme si ça ne nous regardait pas, comme si ça leur appartenait à eux seulement, ou comme si ça ne nous intéressait pas, le passé des autres c'est tellement ennuyeux quand soi-même on est dans l'âge tendre ou l'âge bête. Il arrive que certains se montrent curieux, posent des questions, ça n'a pas été mon cas, je ne les ai jamais interrogés sur leur jeunesse. J'imagine que c'était aussi un effet de notre pudeur, du mutisme imposé au sujet des sentiments, on n'allait pas se livrer à des confessions, du déballage. C'est donc avec un peu de surprise que j'ai découvert l'enfant à ce point blessé par la rupture du foyer familial, le gamin en colère. J'étais au courant qu'il n'avait pas brillé à l'école, je n'en avais pas imaginé les raisons. J'ai aussi été bousculé par l'image de mon père dragueur, fanfaron à vingt ans. Je le voyais comme un être agacé, irritable, vieilli prématurément : cette façon d'aguicher, cette fougue, ça ne lui ressemblait pas. Cependant, je n'aurais pas dû être étonné : l'impatience, l'insatisfaction, l'exaspération, tout était déjà là, tout était en place.

14.

En rangeant les affaires de mes parents, les effets personnels, la paperasse, quand il s'est agi de procéder à l'inventaire, je suis tombé sur de vieilles photos, certaines scotchées ou collées dans un album, d'autres jetées en vrac dans une boîte à chaussures. La plus récente remontait à près de dix ans. J'ai pensé : c'est normal, désormais on a recours aux téléphones, c'est là qu'on stocke les images de nos vies. Mais je me suis demandé de quand datait la dernière fois où l'album avait été feuilleté, la boîte ouverte. Je me suis demandé si ma mère avait eu quelquefois des bouffées de nostalgie, ressenti le besoin de se replonger dans des années qui peut-être avaient été heureuses, plus heureuses que son présent ou si, au contraire, elle n'était jamais revenue vers ce temps-là, le considérant comme bel et bien révolu. J'ignore quelle hypothèse j'aurais préférée.

Je me suis arrêté sur une série de quatre Photomatons, où ils apparaissent tous les deux, mon père et ma mère, quand ils ne sont encore que Franck et Cécile. On devine facilement qu'ils se sont réfugiés, sans doute sur un coup de tête, dans une cabine peu de temps après leur rencontre, ils ont la vingtaine, et leurs moues successives témoignent qu'ils sont dans la candeur des commencements, lorsqu'on a envie d'être collés l'un à l'autre, de se montrer ensemble, de faire le pitre parce que l'amour rend légèrement imbécile.

Et c'est vrai qu'ils sont beaux, tous les deux.

Ma mère, surtout. Avec sa chevelure qui lui mange les joues, ses yeux clairs, ses dents du bonheur, une sorte d'insouciance malgré son deuil récent, et l'obligation où elle s'est trouvée de devenir brutalement une grande personne. On jurerait que, dans l'instant de la photo, elle croque un peu de la jeunesse à laquelle elle avait droit et qu'on lui a confisquée, à la façon dont on mord dans une pomme pour étancher sa soif.

Mon père, aussi. Avec son regard métallique, ses cheveux blonds, sa mâchoire carrée. Il a quelque chose d'américain ou d'allemand. Je comprends qu'il ait pu plaire. Il n'avait pas un physique ordinaire, en tout cas. Et son tee-shirt laisse deviner des épaules rondes, un torse dessiné.

Le soir de leur rencontre, est-ce que c'est ça qu'elle a vu en premier ? La carrure ? La blondeur ? La virilité décomplexée ? Ça qui l'a attirée ? Ou la moto ? Est-ce qu'elle pouvait avoir envie d'un type comme lui, elle, si réservée ? Il faut croire. Puisqu'elle lui a souri, puisqu'elle a accepté d'entrer dans la discothèque en sa compagnie, puisqu'elle s'est laissé offrir un verre, puisqu'elle a dansé avec lui. Muriel m'a dit : « Il ne savait pas danser, mon frère, mais il était à l'aise avec son corps, ça pouvait faire illusion. » Ma mère a-t-elle cédé à cette illusion ?

Je ne la juge pas, elle avait le droit d'être séduite, et puis c'était sans importance, ça arrivait, à cet âge-là, de frayer avec un inconnu, ça arrive encore, ça arrive depuis la nuit des temps, non, j'essaie de comprendre, voilà tout, j'essaie de comprendre comment elle est allée vers lui, pourquoi ils se sont rejoints. En fait, je me tiens devant le mystère des inclinations de ma mère, le mystère de sa liberté.

Aussitôt après, je pense au hasard des rencontres, au destin qui lance ses dés. Si ce soir-là, elle n'était pas sortie… Si cette nuit-là, il en avait repéré une autre… C'est un exercice idiot. Mais comment s'en empêcher ?

Les photos datent du milieu des années 1990. C'est-à-dire l'époque des guerres de Yougoslavie, du génocide des Tutsis au Rwanda, des espoirs déjà envolés du sommet de la Terre à Rio, des OGM, de la pandémie de sida, du suicide de Kurt Cobain, des séquelles du krach immobilier, du séisme de Kobe, de Mitterrand déformé par la chimio, et de je ne sais plus quoi encore. Même à Blanquefort, on s'en rend compte. Même à Blanquefort, on a compris que cette foutue époque est violente, sinistre, déprimée, qu'elle pue la mort et la désolation. Et même quand on a vingt ans, et qu'on se fiche de l'état du monde, on est rattrapés par cette ambiance pourrie. Alors, oui, on se presse dans un Photomaton, planté sur un trottoir, et on sourit à pleines dents quand les flashs surgissent pour croire qu'on pourrait être joyeux, malgré tout. J'ai dit : joyeux, pas heureux.

15.

À partir de là, il y a plusieurs façons de raconter l'histoire. En tout cas, au moins deux.

La première est teintée de romantisme. Ils s'aiment, parce qu'ils ont l'âge où l'on croit s'aimer, parce que leurs corps se sont trouvés, parce qu'ils baignent dans l'insouciance. On est avant les portables : il faut organiser des rendez-vous, passer du temps sans se parler, sans se voir, être débrouillards, patients, inventifs. Ils se retrouvent dans des bars, des boîtes de nuit, chez des amis communs, ils font des virées à moto dans la campagne médoquine ou sur les rives de la Garonne. Il lui parle d'aventures, de voyages, évoque une installation à l'étranger (« Pourquoi pas le Québec ? Tout le monde dit que c'est génial ! »), lui fait entrevoir un avenir radieux, débarrassé des contingences. Elle se souvient qu'elle a promis à son père de continuer à l'aider, que l'argent n'est pas magique, pourtant elle a envie de croire à une échappée belle. Franck a tellement de fougue, de charme. Tellement d'ambition aussi.

La seconde est d'une cruelle lucidité. C'est une amourette, une passade, sinon qu'elle dure un peu plus que prévu, comme durent les printemps quelquefois. Il fait des promesses, mais ce sont des promesses en l'air. Car, tout de même, il est un peu mytho sur les bords et se contente d'enchaîner les petits boulots. Et la vie va immanquablement se charger de les rappeler à la réalité, elle et lui (pas reluisante, la réalité, d'ailleurs). Quand elle rencontre sa famille, elle comprend un peu mieux ses failles. Elle en est émue. Ça l'inquiète aussi, vaguement. Est-ce à cause de ces dérèglements qu'il réclame autant d'amour ? Et puis, un jour, elle apprend qu'elle est enceinte. Ils ont oublié de faire attention.

Dans la première version, il est enchanté par cette grossesse inattendue. Il ne s'y attendait pas mais ça lui plaît, est-ce que ce n'est pas justement la plus géniale des aventures ? Et ce bébé, ils pourront toujours l'emmener avec eux, ça ne les empêchera pas de bourlinguer. Elle, de son côté, est bouleversée. Devenir mère, même par accident, quand on est orpheline, c'est un peu une victoire sur le mauvais sort. Elle y voit un signe, une bénédiction. Oui, après tout, pourquoi pas ?

Dans l'autre version, il est conforté, ça signifie qu'ils vont rester ensemble, et c'est ce qu'il veut, rester avec elle, qu'elle ne parte pas, qu'elle ne parte surtout pas. Elle, elle songe qu'elle n'a pas les épaules pour être mère, elle ferait mieux d'avorter, c'est la solution la plus raisonnable, des enfants elle aura le temps d'en faire, et avec la bonne personne qui plus est, mais son père lui dit qu'un enfant, ça ne se refuse pas, il se souvient des fausses couches de son épouse, la chance ça peut ne passer qu'une fois, et qui sait si ce genre d'opération ne va pas l'abîmer à jamais. Elle n'ose pas aller contre sa volonté. Parfois, nos trajectoires sont décidées par d'autres.

Dans la première hypothèse, il est fier, celle qui va devenir sa femme est magnifique avec son ventre qui s'arrondit, et il va faire mieux que son propre père, lui il va élever son fils, et prendre sa revanche sur son enfance saccagée, démontrer qu'on peut assumer ses responsabilités.

Dans la seconde, il admet qu'il doit trouver une situation, un emploi stable, de quoi nourrir sa famille. Il a beau jurer que ce n'est que « pour le moment », c'en est à coup sûr fini, de ses rêves d'exil, de son avenir radieux. Il dégote un boulot à l'usine Ford. Elle ? Elle se laisse glisser. Maintenant, tous les possibles sont refermés pour de bon. La voie est toute tracée. Heureusement, elle est persuadée qu'elle finira par adorer son enfant.

À Pierre Verdier, le jour des coups de couteau, je crois que j'ai simplement indiqué : « Ils se sont mariés jeunes. Ma mère était enceinte de moi. »

C'était alors toute l'étendue de mes connaissances au sujet de leur jeunesse.

Il n'a pas cillé. J'ai compris que ça ne l'intéressait pas tellement, ça remontait à trop loin, ça n'apportait rien à son enquête. Sur le moment, je ne lui en ai pas tenu rigueur. Depuis, j'ai appris qu'il faut plonger dans les profondeurs pour comprendre ce qui se passe à la surface. J'ai compris aussi que l'invisible est plus parlant que le visible. Et que des bribes ne deviennent des indices que si on les relie à quelque chose d'autre, ou entre elles.

16.

Le téléphone a sonné. Quelqu'un a fourni au commandant les derniers développements au sujet de la traque. « Rien de probant », a-t-il tranché en raccrochant. Pour autant, il refusait de s'avouer vaincu : « Nous avons tracé son téléphone, sa carte bancaire. S'il commet le moindre faux pas, nous le repérerons. Et des faux pas, les fugitifs en commettent, dans l'affolement. » En retour, j'ai offert une moue dubitative qu'il a choisi de balayer. « Quand on se comporte comme il s'est comporté, on fait la démonstration qu'on ne parvient plus à se maîtriser. » Il marquait un point. Il en a profité pour enchaîner : « D'ailleurs, vous diriez que sa nature était colérique ? »

Dès mes premiers souvenirs, oui, sa colère est là.

Il s'emportait pour tout et pour rien. Un ustensile lui résistait, il le balançait à travers la pièce, de rage. Ça pouvait être un marteau, une télécommande, n'importe quoi. Un tiers le contrariait dans une conversation sur un point mineur, sur un fait dans l'actualité, il pouvait le gratifier d'une bordée d'injures et ne le revoyait plus pendant des semaines, avant – toujours – de se réconcilier, miracle de son charme, demeuré intact, effet de son bagout, demeuré percutant. Néanmoins, ce qui provoquait le plus son courroux – au moins, au début –, c'était son boulot. Ouvrier dans l'automobile, il ne s'y faisait pas. Alors il se plaignait de tout : des conditions de travail, des cadences, de son salaire, des petits chefs, mais également du grand capital, du gouvernement qui le soutenait, des fainéants qui vivaient des allocs quand lui trimait, des étrangers de plus en plus nombreux sur la chaîne de montage. Tout était prétexte à prendre la mouche et à déblatérer. Il n'était pas difficile de comprendre qu'il se sentait déclassé, méprisé, sa vie avait pris un mauvais tour et, puisque ça ne pouvait pas être sa faute, c'était forcément celle des autres. Oui, d'aussi loin que je me souvienne, je vois mon père frustré, furieux et accusateur.

Avec le recul, j'ai accepté d'examiner lucidement ses frustrations. Elles n'étaient pas toutes infondées.

Il y avait d'abord Blanquefort, une ville de banlieue étroite pour qui envisage les grands espaces, décevante pour qui ambitionne de se trouver au centre. Si au moins ça avait été Bordeaux, qui se rénovait de fond en comble, qui redevenait chic, redécouvrait ses quais, son fleuve, Bordeaux et son Triangle d'or, sa bourgeoisie, sa pierre blonde, mais non, il se tenait en lisière, à l'écart des bien lotis.

Pire, à Blanquefort, il n'avait même pas le loisir de fréquenter les châteaux viticoles, ayant seulement droit aux pavillons, aux lotissements pour la vie ordinaire, et à l'immense zone industrielle pour sa vie professionnelle. On lui vantait une ville fleurie où il faisait bon vivre, il ne comprenait pas de quoi on lui parlait. On s'extasiait devant la forteresse médiévale, il y voyait une autre prison.

Et l'usine Ford. Certes, on répétait à qui voulait l'entendre qu'elle était la plus grande usine d'Aquitaine, un joyau, un pourvoyeur d'emplois, un temple de modernité, je ne sais quoi encore, les superlatifs ne manquaient pas, cependant ça restait une usine, avec ses bleus de travail, son prolétariat, ses pointeuses, ses cadences et ses paies pas mirobolantes. Mon père pouvait espérer prendre du galon, parce qu'il était jeune, sauf que, pour ça, il aurait fallu qu'il démontre de l'ambition, de l'envie, de la discipline et vous avez compris qu'il affichait à peu près tout le contraire.

Et le gamin. Passé l'émerveillement des commencements, c'était un bébé qui pleurait, qui ne faisait pas ses nuits, qu'il fallait torcher, qui en mettait partout quand on lui donnait à manger, un enfant remuant ensuite, trop actif, trop curieux, en plus d'être une mauviette, toujours dans les jupons de sa mère. Ce n'était pas ce qu'il avait imaginé. Mais avait-il jamais imaginé être père ? Avait-il envisagé ce que ça signifiait ?

Alors oui, il s'emportait pour tout et pour rien.

Écrivant cela, je ne voudrais pas que vous alliez croire que je lui ai cherché des excuses. Il n'en avait aucune. Aucune. Disons que j'ai cherché des explications. C'est parfois l'unique moyen à notre disposition pour ne pas étouffer.

17.

Ma mère, elle, lui a longtemps inventé des excuses. Elle prétendait que c'était son tempérament et qu'on devait prendre les gens « en entier ou pas du tout », que ça n'existait pas de retenir seulement ce qui nous arrange : si on aimait sa fougue, son charme, son côté un peu crâneur, alors il fallait accepter ses agacements, ses emportements.

Il n'était pas tiède, Franck, répétait-elle (une formule qui décourageait la critique, soit dit en passant). Pas tiède. Et on sentait que ça lui plaisait. Au moins au début. Comme s'il venait compenser son caractère à elle, trop timide, son existence, trop linéaire, sa tristesse, trop lourde certains jours. Elle résumait d'un : « On s'équilibre, lui et moi. »

Et sans doute y avait-il de ça. Les couples qui durent sont souvent les plus dissemblables, assure-t-on. Le leur aura duré vingt ans. Le leur aura duré jusqu'à la mort.

Cependant, progressivement, elle a dû s'employer à calmer ses excès. Car il lui fallait bien constater, de plus en plus souvent, qu'« il partait au quart de tour », encore une de ses expressions à elle, que les crises se rapprochaient, qu'elles gagnaient en intensité. Dès qu'il se montrait ombrageux, susceptible, elle temporisait, et pour ce faire disposait de plusieurs tactiques, perfectionnées avec les années.

Changer de sujet, c'était le plus efficace, un peu brusque, plutôt visible, mais curieusement ça fonctionnait, non parce qu'il comprenait qu'elle entendait ne pas entretenir son courroux, mais parce que son attention se braquait alors sur autre chose, comme un petit enfant devant qui on agite un hochet pour lui faire oublier son chagrin.

Baisser le ton, d'abord légèrement, puis carrément, pour l'obliger à l'imiter, et aussi étonnant que cela puisse paraître, il finissait par se caler sur elle, on aurait juré qu'elle lui avait jeté un sort.

Oser une plaisanterie, c'était plus rare, parce qu'elle n'était pas douée pour l'exercice. Néanmoins, dans le feu de l'action, elle y parvenait quelquefois, dénichant des ressources insoupçonnées, à croire que l'urgence déclenchait ce mécanisme. Il était pris à contrepied, aussitôt la température baissait.

L'enlacer, c'était en dernier recours, parce qu'elle ne pouvait pas en abuser, et il était important qu'il ne considère pas cette étreinte comme de la pitié ou de l'infantilisation. C'était quand la secousse était violente. Au moins les tremblements dans son corps cessaient-ils peu à peu.

Plus généralement, elle se lançait dans un discours apaisant, assurant que les choses allaient s'arranger, on ignorait comment, mais le seul fait de le dire ouvrait une trouée de lumière, parce qu'elle ne pouvait pas mentir, on la croyait forcément, et elle avait surmonté une épreuve terrible dans sa jeunesse, ça lui donnait une sorte de crédit.

De temps en temps, elle n'hésitait pas à forcer dans l'affabulation, inventant un avenir radieux, revenant sur cette histoire d'expatriation, elle faisait miroiter des ailleurs, des aventures, alors il se prenait à rêver, et à sourire. Je me souviens du sourire de mon père dans ces moments-là. Un sourire qui me rassérénait parce qu'il disait : ça y est, la crise est terminée, on a pu s'en sortir sans dégâts. Un beau sourire. Les monstres aussi ont le droit d'avoir un beau sourire.

Tout cela non plus, je ne l'ai pas raconté au commandant lors de notre première entrevue dans son bureau. À sa question : « Vous diriez que la nature de votre père était colérique ? », je me suis contenté, après un bref échange de regards avec ma sœur, de répondre : « Oui, plutôt. » De toute façon, j'étais comme un animal pris dans les phares d'une voiture. Je n'étais pas capable de plus.

18.

« On a trouvé du Prozac dans une petite sacoche, au fond de l'armoire à pharmacie… Votre mère était sous antidépresseurs ? »

Je n'ai pas oublié cette phrase, prononcée pourtant sans affect, sans ponctuation particulière, dans l'intimité du bureau du commandant, avec pour seule intention de collecter une information, de cocher une case, de constituer un dossier. Car c'est avec *cette phrase* que s'ouvre pour moi le chemin de la culpabilité, du regret, de la mortification. C'est elle qui allume la mèche. Jusqu'à elle, j'avais vécu dans l'ignorance, l'aveuglement, ou le déni (j'y reviendrai). À partir d'elle, je sais, et je comprends que je n'ai pas cherché à savoir, puis que j'ai regardé ailleurs, enfin que j'ai refoulé tous les signaux d'alarme.

Parce que j'ignorais tout de cette histoire de Prozac, je me suis tourné vers ma sœur. Je me rappelle avoir pivoté très lentement comme si je tenais à retarder le moment où je me retrouverais face à elle, où j'allais peut-être entendre la réponse que je redoutais. Elle a vu mon air éberlué et compati aussitôt, désolée que je l'apprenne de cette manière. Elle a confirmé d'un seul hochement de tête. La brutalité n'a pas forcément besoin de grands discours ni de grands gestes.

Vaincu, misérable, j'ai lâché : « Pourquoi tu ne m'en as pas parlé ? » (Comme si c'était ça, l'important, les cachotteries de ma sœur, ou mes lacunes, plutôt que le désespoir que tout ça charriait, mais j'imagine que j'avais besoin d'une diversion, de continuer à ne pas regarder les choses en face). En retour, Léa s'est expliquée, sans acrimonie (cette neutralité, elle aussi, m'a blessé davantage que ne l'aurait fait un reproche véhément) : « Ça fait cinq ans que tu n'es jamais là. »

Le bruit d'un couperet qui tombe.

Pierre Verdier était loin de ces affaires familiales. En tout cas, nos tempêtes intérieures n'étaient pas sa priorité. Il a insisté : « Tu sais quand elle a commencé ? »

Léa a paru réfléchir puis dit qu'elle ne savait pas exactement. « Elle se cachait pour prendre ses comprimés », a-t-elle ajouté pour expliquer son ignorance. Et une fois encore je n'ai pu m'empêcher de visualiser la scène, ma mère avalant ses cachetons en douce, pour ne pas inquiéter sa fille, ne pas agacer son mari, rangeant la boîte dans une sacoche pour qu'on ne la repère pas, refermant à la hâte la porte de l'armoire à pharmacie, respirant un grand coup, assise sur le rebord de la baignoire, puis s'obligeant à faire bonne figure dès le pas de la porte de la salle de bains franchi. J'ai visualisé sa solitude et son désarroi, et la sentence de ma sœur a résonné plus douloureusement encore : je n'étais jamais là.

Les questions insidieuses se sont véritablement mises à tourner dans ma tête. À côté de quoi d'autre étais-je passé ? Qu'est-ce que j'avais encore à apprendre ? Combien d'abîmes allaient s'ouvrir sous mes pieds ? Mais surtout, comment avais-je pu ne m'apercevoir de rien ? Ne rien soupçonner ?

19.

Notre grand-père maternel nous attendait à la sortie. C'est moi qui l'avais prévenu. Verdier m'avait dit : « On peut s'en charger si vous préférez », cependant j'avais tenu à le faire moi-même. Au téléphone, je m'en étais tenu à l'indispensable, les faits se suffisaient à eux-mêmes et la frugalité, dans ces circonstances, était un rempart. En retour, il n'avait pas bronché. Il avait forcément été éberlué et anéanti, comme nous l'avions été mais avait, dans la foulée, par réflexe, admis que l'essentiel était de sauver ce qui pouvait l'être encore ; nous, en premier. Il avait juste murmuré : « J'arrive. »

Il était venu directement de Bergerac, où il s'était installé depuis qu'il avait pris sa retraite. Une heure et demie de route. Après coup, j'ai imaginé ce trajet, lui hagard au volant, désespéré forcément. Il aurait fallu qu'il soit accompagné or, dans la hâte, je n'avais pas pensé à tout ça. J'ai imaginé son calvaire. Personne ne devrait subir pareil châtiment.

Lui non plus, bien sûr, n'avait pas été autorisé à entrer dans la maison. On l'avait aiguillé vers la gendarmerie puisque ses petits-enfants y étaient interrogés. Il avait d'abord patienté dans le couloir. Le ballet des gendarmes et le bruit étouffé des conversations qui ne parlaient que de l'affaire l'avaient accablé au point qu'il avait finalement préféré sortir et se tenir près de sa voiture, sur le parking. Je le revois, les mains enfoncées dans les poches d'un imperméable usé, droit comme un I, comme toujours. Tout de même, quand nous nous sommes approchés, nous avons remarqué ses yeux rougis. À l'évidence, il avait pleuré, beaucoup, et je me suis rendu compte que je ne l'avais jamais vu ainsi. Pour moi, il était cet homme affable, toujours tiré à quatre épingles, derrière sa caisse, occupé à rendre la monnaie, d'une humeur parfaitement égale, un homme qui n'attirait pas l'attention, et qui, l'âge venu, avait rendu son tablier et filé en Dordogne, où l'attendait une petite maison de famille qu'il avait retapée. Il y habitait seul, ne s'étant jamais remarié, et jurait que cette solitude ne lui pesait pas, au contraire. Il y cultivait son jardin potager. Sa fille se moquait gentiment de ses tomates et de ses carottes, il assurait que c'était la vie qui lui convenait. Et il était là, sur ce parking, dans le soir tombé. Abasourdi. Et plus que cela : il était un bloc de chagrin. Il avait perdu sa femme vingt-cinq ans plus tôt, et maintenant sa fille unique. Qu'est-ce qui pouvait lui arriver de pire ?

Il nous a embrassés, en nous serrant un peu plus fort qu'à son habitude, sans prononcer un mot. Il avait déjà compris que les paroles étaient inutiles, presque absurdes.

Je me suis souvenu qu'il ne portait pas notre père dans son cœur. Il ne l'avait jamais formulé de la sorte, il était trop bien élevé, et surtout il respectait scrupuleusement la décision de sa fille. Cela étant, ça se sentait dans les déjeuners du dimanche, il conservait une certaine distance, qui ressemblait à une réticence ; malgré les années, il n'était jamais parvenu à la contenir. Je me suis demandé s'il pensait quelque chose comme : je me suis toujours méfié de cet homme, ce n'était pas le bon pour ma fille !, s'il était ravagé par la colère contre le meurtrier et par le remords de s'être tu. Je ne lui ai pas posé la question. Il n'y aurait pas répondu.

Il a indiqué que, afin de parer au plus pressé, il avait réservé une chambre d'hôtel pour lui et une autre pour nous. On lui a répondu que Mme Bergeon avait offert de nous héberger pour la nuit et qu'on avait accepté. On ne voulait pas s'éloigner de la maison. On avait besoin aussi de se sentir en territoire familier. Il a dit qu'il comprenait.

Néanmoins, nous sommes allés dîner tous les trois au restaurant de l'hôtel et nous avons accompli l'exploit de ne pas dire un mot de ce qui s'était passé. Cela seul occupait notre esprit mais c'était trop difficile, ne serait-ce que de l'évoquer, peut-être surtout pour lui. Le temps viendrait. Il y a eu des tentatives de conversation badine, vite avortées, de longues plages de silence, le crissement des fourchettes dans les assiettes, et c'est à peu près tout. Un couple de touristes allemands dînaient non loin de notre table. Ils ignoraient tout du drame qui nous frappait. S'exclamaient parfois en mangeant. Je ne sais plus si leur insouciance nous a rassurés ou si, à l'inverse, elle nous a paru cruelle. La vie continuait, autour de nous. C'était formidable, c'était épouvantable.

20.

Cette nuit-là, évidemment, Léa et moi, nous n'avons pas réussi à trouver le sommeil. Nous sommes restés tous les deux dans une des chambres des enfants de Mme Bergeon, qui venaient de quitter le nid.

J'étais assis dans un fauteuil, jambes écartées, tête penchée en avant, bras sur les cuisses, et ça suffisait à raconter mon désarroi. Vous vous étonnerez peut-être que je parle de désarroi quand notre mère nous avait été enlevée, alors que la tristesse aurait dû prendre le dessus, ou la stupeur parce que les circonstances étaient abominables, ou la colère parce qu'elles étaient révoltantes, ou l'inquiétude parce qu'on n'avait toujours pas retrouvé notre père et j'étais probablement traversé par tous ces sentiments mais il me semble que ce qui dominait, oui, c'était ce fichu désarroi. C'était trop, trop d'informations à la fois, trop de choses inédites, trop de coups reçus, j'étais plongé dans la confusion, l'affolement, un trouble qui ne me lâchait pas, que je ne parvenais pas à démêler.

Ma sœur, elle, était étendue sur le lit, tout habillée, elle jouait avec ses doigts en scrutant le plafond parsemé d'étoiles et de planètes parce que c'était une chambre d'enfant, l'enfant avait grandi, était parti, les étoiles étaient restées.

Au début, bien sûr, comme au restaurant, nous avons essayé de parler d'autre chose. Si nous abordions d'autres sujets, celui de la mort de notre mère deviendrait moins obsédant, cesserait d'occuper tout notre espace mental. Il ne s'agissait ni plus ni moins que d'un réflexe de survie : nous devinions que nous risquions de finir engloutis. C'était aussi retrouver nos habitudes : lorsque je rentrais de Paris, on se mettait à l'écart, dans le jardin aux beaux jours, dans le salon quand la pluie battait aux carreaux, et chacun demandait à l'autre ce qu'il devenait, ce qui s'était produit au cours des semaines écoulées.

Léa était en quatrième à « Dupa », c'est-à-dire au collège Emmanuel-Dupaty. À qui demandait des précisions, on présentait Dupaty comme un auteur dramatique et académicien français. En réalité, c'était un chansonnier, élu à l'Institut sur la fin de sa vie, contre le jeune Victor Hugo qui s'y présentait lui aussi. Et il n'avait droit à son collège à Blanquefort que parce qu'il y était né.

L'établissement était typiquement de ceux où on peut faire une scolarité paisible mais qui ne prépare pas à l'excellence, qui ne permet pas de rêver des sommets. Léa ne rêvait pas des sommets. Elle ne rêvait même pas de sortir de sa condition, ne s'imaginait pas avocate ou médecin. Le bac lui paraissait déjà un horizon lointain, incertain. Seules comptaient ses deux copines, Chloé et

Manon, avec qui elle formait un trio inséparable depuis qu'elles s'étaient rencontrées en sixième.

D'ailleurs, c'est elles qu'elle a évoquées en premier, pas ses cours, pas ses profs, pas ses résultats, pas ses matières préférées ou celles qui la « gonflaient », non, ses deux copines, qui l'impressionnaient parce qu'elles étaient dégourdies, affranchies, et n'avaient pas froid aux yeux tandis qu'elle était si discrète, si complexée, parce qu'elles savaient tout de ce qui se passait sur YouTube, sur les réseaux sociaux, dans les émissions de téléréalité alors qu'elle n'avait qu'un pauvre téléphone préhistorique et une mère qui la mettait en garde contre les mirages de la célébrité rapide, parce qu'elles se maquillaient, étaient capables de porter des tenues suggestives alors qu'elle en restait aux jeans et aux bons vieux pullovers trop lâches. Moi, son frère, j'étais ravi de lui connaître des amies mais, à l'instar de notre mère, je préférais qu'elle n'ait pas encore été dévorée par cette époque où régnaient l'apparence, l'impudeur, la facilité.

Ce soir-là, Léa a mentionné que Chloé s'était acheté un petit haut qui dévoilait le nombril, ce qui permettait qu'on remarque son piercing, et que Manon flashait sur un Kevin tatoué et musclé qui faisait son coq à la télé dans une villa avec piscine. Et ce soir-là, je me suis gardé de lui dire que tout cela était bien futile. Elle avait bien le droit de s'en remettre à la superficialité, à l'inconsistance, quand on pensait au poids qui allait désormais la lester, avant peut-être même de l'entraîner vers le fond.

21.

En retour, elle m'a demandé « comment ça allait à l'Opéra ».

J'étais encore quadrille, parmi cinquante autres, mais j'avais foulé à de nombreuses reprises la grande scène, notamment dans *Giselle*, *La Bayadère* ou *Le Songe d'une nuit d'été* et je m'apprêtais à être nommé coryphée. J'avais travaillé dur pour ça, et depuis longtemps.

En fait, j'avais commencé la danse classique à huit ans au conservatoire de Bordeaux et six ans plus tard, encouragé par mes professeurs, j'avais présenté le concours d'admission à l'école de danse de l'Opéra de Paris.

Nous étions près de cinq cents sur la ligne de départ. On nous avait soumis à un examen physique ; on voulait s'assurer que nous avions les bonnes proportions, que nous connaîtrions un développement harmonieux. Puis à un examen de danse ; j'avais obéi à diverses injonctions des jurés, exécuté des pas, des figures sur commande, exactement comme dans *Billy Elliot*, avant de présenter une chorégraphie sans prétentions sur un morceau de mon choix. Et comme dans *Billy Elliot*, j'étais persuadé d'avoir foiré l'exercice. À la sortie, j'avais juste lâché à ma mère : « C'est mort. »

Elle avait baissé les yeux, redoutant déjà de devoir affronter au retour les récriminations de mon père, hostile depuis le premier jour à la vocation que j'avais affirmée. Il s'était, en effet, opposé à mon entrée au Conservatoire, avec une rengaine prévisible : « C'est un truc pour les gonzesses », et n'avait fini par céder que parce que ma mère l'avait supplié. Sans doute aussi parce qu'au fond ça l'arrangeait, à ce moment-là, de démissionner de son métier de père, de s'en laver les mains. Ensuite, il avait observé mon implication à distance, sans jamais poser de questions, sans paraître s'y intéresser le moins du monde. À table, nous n'en parlions jamais, c'était tout bonnement un sujet interdit. On faisait comme si ça n'existait pas. Devant ceux de ses amis qui osaient l'interroger sur mon étrange occupation, il haussait les épaules et s'en sortait par une pirouette, que j'ai entendue un jour dans l'embrasure d'une porte : « Je me demande si c'est vraiment mon fils. » Quand ma mère lui avait annoncé mon désir de présenter le concours, il avait hurlé, est-ce qu'on avait les moyens, et qu'est-ce que les gens allaient dire, tant que c'était une lubie, ça passait encore, mais si je voulais en faire ma vie ça n'était plus la même histoire. Une fois encore, il avait cédé. Pour la pire des raisons, si on y songe : il s'était rendu compte que j'allais devoir vivre à Paris, donc hors de la maison, et c'était l'occasion pour lui de ne plus être embarrassé. Cela étant, si je « foirais » le concours, il me faudrait revenir la queue entre les jambes, subir ses sarcasmes et son mépris et ma mère devrait supporter ses réprimandes, et même un réquisitoire en bonne et due forme. Finalement, j'avais été admis.

À quatorze ans, j'avais donc quitté le nid pour rejoindre une autre famille. Loin.

À l'école, j'avais appris toutes sortes de danses : classique, bien sûr, mais aussi contemporaine, modern jazz, folklorique, baroque, j'avais suivi des cours de mime, de comédie, de gymnastique et d'anatomie. Raconté comme ça, ça a l'air bien et ça l'était. Mais c'était infernal aussi. Parce qu'on s'entraîne jusqu'à l'épuisement, on se blesse ; le corps nous fait mal. Parce qu'on est soumis à une discipline de fer ; on n'a le droit à aucun relâchement, aucun écart. Parce qu'on subit une pression énorme ; on est évalués en permanence, chaque année on repasse un examen, et pas question de redoublement, si on échoue on est renvoyé. Parce qu'on ne pense qu'à ça, on est obnubilé par ça, il n'y a de place que pour ça. On vous a déjà raconté cette histoire. Elle est vraie. Ou plutôt non : la vérité est pire.

À dix-huit ans, j'avais réussi le concours d'entrée (le dernier obstacle à franchir pour les petits chevaux que nous étions) et intégré le ballet en tant que stagiaire. Un an s'était écoulé, on allait me passer à l'échelon supérieur. Désormais, j'allais appartenir pour de bon à ce corps d'élite. Je touchais au but.

Et puis, il y avait eu le coup de fil. C'était ma sœur qui m'appelait.

À sa question, dans la chambre d'enfant avec les étoiles au plafond, dans cette maison qui tanguait, dans cette nuit qui nous enveloppait : « Comment ça va à l'Opéra ? », j'ai simplement répondu : « Ça va. »

22.

Bien sûr, très vite, le faux-semblant de la normalité s'est évaporé et nous avons été rattrapés par l'horreur de la journée.

C'est moi qui suis revenu sur le *sujet*.

Je sentais que Léa était prête à le tenir à distance, et même qu'elle le souhaitait, elle en avait la force, ou plus exactement elle avait été tellement secouée qu'elle n'avait aucune envie de replonger, elle possédait la blanche détermination des grands traumatisés.

Moi, en revanche, j'étais absolument incapable de m'en détacher. Je devinais que la disjonction était inévitablement salutaire, qu'elle permettait de ne plus se tenir au cœur de la souffrance mais je ne connaissais pas le moyen de maintenir un tel retrait, une telle illusion. Sans doute parce que ce moyen n'existait pas.

D'emblée, j'ai posé la question que je ne cessais de me poser depuis le coup de téléphone, celle qui me brûlait les lèvres, celle sur laquelle je butais : « Tu sais pourquoi, toi ? » Contre toute attente, Léa a tout bonnement délivré le probable mobile du meurtre en quelques mots lapidaires : « Maman avait décidé de repartir. »

Que je vous dise : notre mère était *partie* une première fois. Deux ans plus tôt. En fait, elle était restée et lui avait quitté le domicile conjugal. Car ils étaient convenus alors d'une « séparation temporaire » ainsi qu'ils nous l'avaient seriné à l'époque, « histoire de faire le point, de voir où on en est » et notre père était retourné s'installer chez sa sœur pour quelques semaines (en toute discrétion ; il ne fallait pas qu'on jase non plus).

Je les revois distinctement en train de nous faire leur annonce. J'étais rentré exceptionnellement pour le week-end. Je crois qu'ils avaient attendu que je sois présent. Nous avions été rassemblés dans la cuisine (là où, deux ans plus tard, l'irréparable serait commis). Nous et ma mère, assis à table. Mon père debout, à la fois solennel et se forçant à blaguer, comme Yves Montand dans un film de Sautet, déroulant son numéro pour bien nous faire comprendre qu'il demeurait le chef de famille et qu'il était seul à la manœuvre. Si ce n'est que tout, dans son attitude – ses tics, ses agacements –, démontrait qu'il subissait la situation et avait dû s'y résoudre à contrecœur. Et le fait qu'il soit contraint de paqueter ses valises achevait de nous en convaincre. Comment notre mère l'avait-elle amené à cette reddition ? Était-il allé trop loin, au point de se sentir merdeux, minable ? Avait-elle proféré la menace d'un départ définitif ? Nous n'en avons rien su. Elle se taisait, l'écoutait palabrer en silence sur la nécessité d'un break, « même pour les couples qui s'aiment, surtout pour eux ».

Nous avions été pris de court. Certes, nous avions conscience des tensions qui surgissaient parfois – notre père était « sur les nerfs », notre mère « sur la défensive » – mais nous imaginions que ça devait être identique dans tous les couples, et surtout ça ne durait jamais.

En réalité, mon père avait commencé à développer une paranoïa effrayante. Il était convaincu que notre mère le trompait, qu'elle allait « voir des hommes », exigeait qu'elle lui communique tout de son emploi du temps, fouillait dans son téléphone, sans vergogne, lui reprochait de porter des tenues trop suggestives. Elle, en retour, niait avec véhémence au début, puis avec une sorte de calme qui voulait signifier à quel point elle était innocente de ce dont il l'accusait, et, avec le temps, avait appris à se taire lorsqu'il sortait de ses gonds, se tenant à carreau, ne bougeant pas d'un millimètre, attendant que ça passe. Et ça finissait par passer.

Ils s'arrangeaient pour que nous ne soyons pas témoins de ces crises. En notre présence, ils prenaient sur eux pour ne pas nous offrir le spectacle de leur désunion, ils jouaient la comédie. Quand, par moments, ça débordait, malgré tout, toujours du fait de mon père, quand, soudain, il y avait de l'électricité dans l'air, ou un raidissement brutal, ou un profond malaise, nous, les enfants, ça nous embarrassait, et on n'avait pas envie de ces dissensions, alors par facilité on faisait comme si on n'avait rien remarqué, attendant que la vie reprenne son cours normal. Et ça finissait par arriver.

D'où notre surprise lors de l'annonce de leur « break ». Fallait-il que nous ayons été aveugles. Ou lâches. Moi, tout particulièrement.

Au bout d'un mois, elle avait accepté qu'il revienne. Nous n'avons jamais su ce qui avait entraîné leur réconciliation. Il paraît qu'il lui a présenté des excuses, assuré, la main sur le cœur, qu'il ne recommencerait plus et qu'il ne douterait plus d'elle. Et elle a fait mine de le croire. Je présume qu'elle voulait à tout prix que ça tienne, le mariage, le foyer, la famille, la maison.

Pourtant, voilà, elle « avait décidé de repartir ».

23.

« Elle te l'a dit ?
— Elle m'avait demandé de me tenir prête. »

Je me souviens d'avoir été frappé par cette expression presque militaire : se tenir prête. Cela signifiait qu'elle y pensait depuis un certain temps, qu'elle avait pris sa décision, qu'elle attendait simplement le bon moment, ou le moins mauvais, elle avait peut-être même acheté des billets de train ou de bus, trouvé un hébergement, elle était organisée, elle n'aurait rien laissé au hasard, mais pourquoi avoir tardé, pourquoi ne pas avoir pris ses jambes à son cou et sa fille par la main, elle serait peut-être encore vivante si elle avait décampé, espérait-elle que les choses s'améliorent, ou bien à l'instant de franchir le pas est-on retenu, a-t-on une ultime hésitation, ou escomptait-elle une réponse, un feu vert, de quelqu'un, un tiers, un ami, un avocat ?

« Il s'était passé quelque chose ? Pour qu'elle y songe ?
— Les gifles. Il s'était passé les gifles. »

Cette réponse, simple, énoncée sans détour, a aussitôt provoqué un effondrement intérieur. Vous voyez les barres d'immeubles vétustes qu'on fait sauter à l'explosif et qui s'écroulent sur elles-mêmes ? Eh bien, c'était ça, cette sensation. Dans le corps.

À partir de là, Léa a déroulé.

Un soir, une gifle avait été donnée. Tandis qu'ils se querellaient au salon. Ma sœur était enfermée dans sa chambre, elle ne peut pas se montrer affirmative, elle n'a pas été le témoin direct de la scène, mais pour elle ça ne fait aucun doute. Les termes de leur altercation lui parvenaient amortis, déformés, pourtant elle avait facilement saisi qu'une fois encore, il lui reprochait, malgré ses promesses, d'avoir regardé un homme trop longtemps. Ce soir-là, après le travail, il était passé la chercher. En général, il prétendait soit vouloir lui faire une surprise, soit lui offrir de la ramener en voiture pour s'épargner de la marche à pied sous le crachin, en réalité il la fliquait. Il répugnait à la laisser seule, sans surveillance. Au magasin il y avait son père, à la maison il était là, mais entre les deux ? Entre les deux, tout pouvait arriver. Elle n'était pas dupe, elle avait compris son manège et s'y était résignée. Sauf que, ce soir-là, alors que le magasin allait fermer, elle était tombée sur un ancien camarade de classe, de passage dans la région, un type avec qui elle frayait au lycée et qu'elle n'avait plus revu après. Elle avait été ravie de le retrouver. C'était renouer avec son adolescence, avec les années joyeuses. De surcroît, le type était un boute-en-train, le genre à mettre de l'ambiance tout le temps. Il n'avait pas changé. Il venait d'apprendre à notre mère qu'il avait ouvert une concession automobile à Biarritz quand notre père a passé le pas de la porte. Elle avait repéré son immanquable courroux et pris congé précipitamment de son ancien camarade, lequel avait dû s'étonner de ce revirement inattendu. Sur le chemin du retour, ils n'en avaient pas parlé ; à table non plus. Léa avait néanmoins compris qu'un incident s'était produit, tant l'ambiance était lugubre, mais elle avait l'habitude de ne poser aucune question. Dès qu'elle était montée dans sa chambre, il avait mis le sujet sur le tapis. Ce soir-là, elle avait répliqué. Elle devait en avoir plus qu'assez. Le ton était monté. Il en avait sans doute été décontenancé. Pour enrayer ce début de rébellion, il n'avait pas trouvé mieux que de la gifler. Aussitôt, les cris avaient cessé. Dans le souvenir de Léa, la séquence était très claire : les mots vifs, les éclats de voix, les exclamations, et soudain le bruit éminemment reconnaissable d'une claque violente sur une joue, et juste après l'abyssal silence.

« C'était juste le début. »

24.

Léa m'a alors raconté qu'il y avait eu d'autres disputes, presque exclusivement sur le même sujet. Le scénario était toujours le même : il lui cherchait des noises, elle faisait semblant de ne pas avoir entendu, tournait la tête, s'occupait à autre chose, la vaisselle, le ménage, il persistait, se rapprochait d'elle, un peu trop, pour montrer qui était le maître dans ce foyer, qui dominait, à qui il fallait prêter allégeance, rendre des comptes, à qui on devait fidélité et respect, et quand il n'en pouvait plus de son mutisme, de son inattention fabriquée, la gifle tombait. Dans la seconde, il s'excusait, il n'avait pas voulu ça, il ne savait pas ce qui lui avait pris, c'est elle qui le poussait à bout aussi, il renouvelait ses excuses, devenait lourd, en faisait des tonnes, avant d'ajouter une fois encore que tout ça c'était de sa faute à elle, puisque c'était lui la victime dans cette histoire, lui qui était cocu peut-être, délaissé en tout cas, lui dont les autres se moquaient dans son dos, mais que croyaient-ils ? Qu'il ne les voyait pas ? Et c'était humiliant d'être désigné de cette façon comme un pauvre type, c'est pour cette raison que sa main jaillisait, que ça lui échappait (« elle est partie toute seule », aurait-il objecté à coup sûr si on l'avait sommé de se justifier ; les gifles ça part tout seul, hein), il fallait bien que ça sorte, qu'il se débarrasse de ce poids qui l'opprimait. Quelquefois, il allait jusqu'à s'effondrer en larmes. Léa l'avait distinctement entendu pleurer et « le pire, c'est qu'il avait l'air sincère ». D'ailleurs, notre mère finissait par lui pardonner, ou au moins par passer l'éponge, disait : « C'est rien », d'une toute petite voix, le consolant tel un enfant, pour calmer ses sanglots.

C'était affreux.

Parfois, plus rarement, c'était au sujet de l'argent (elle le jetait « par les fenêtres »), ou de mes études (« les caprices de ton gamin nous coûtent un bras et tu peux me dire pour quoi ? »), ou du désordre dans la maison (« ça ne te fait rien de vivre dans une porcherie ? »), ou du repas qui n'était pas prêt (« je trime et, quand je rentre, faut encore que j'attende »). Toujours, il s'agissait d'un prétexte fallacieux. Il avait besoin d'une raison, n'importe laquelle, pour créer une altercation, mener sa guérilla. Il était débordé par sa paranoïa, sa jalousie, son narcissisme. Par son angoisse de l'abandon, puisqu'il faut bien appeler un chat un chat.

Le problème, c'est que c'était insoluble et sans fin. Car elle n'était coupable de rien, elle n'avait donc rien à corriger pour espérer contrer son courroux, aucun gage à fournir, elle ne pouvait rien faire. Elle prenait néanmoins des engagements pour le rassurer, lui offrait des serments, comme le font les vrais coupables. Elle en était arrivée là. Et même ça, ça ne suffisait pas. Il était condamné à ne jamais être satisfait, jamais repu.

Une fois son récit terminé, j'ai reposé à ma sœur la question que je lui avais posée une première fois devant le commandant de gendarmerie : « Mais pourquoi tu ne m'as rien dit ? » Mon éloignement n'expliquait pas tout. Elle m'a alors appris que notre mère lui avait commandé de se taire. Elle avait deviné que sa fille avait compris, qu'elle avait au moins une idée de la situation, puisqu'elle avait surpris des éclats de voix, des conversations subitement interrompues, des larmes vite effacées, des bleus sur les bras recouverts à la hâte. Alors, un jour, elle avait franchi le pas. Bien entendu, elle n'avait rien confessé, rien confirmé, pas devant une enfant, son enfant, mais exigé son silence, imposé le secret, « croix de bois, croix de fer », en prétendant qu'il s'agissait d'une question de confiance, et que ce genre de choses, de toute façon, ne devait pas sortir de la maison, que ça ne regardait personne, et que ça ne servait à rien « non plus » d'aller m'inquiéter, moi, le grand frère exilé, qui avais une chance de sortir de ce bourbier, d'autres préoccupations, d'autres priorités, des concours à passer, on n'allait pas m'embêter « avec ça ». Elle avait employé cette expression, « avec ça », pour désigner les coups, la violence domestique, l'emprise du mari. Elle n'avait pas utilisé de mots précis. Façon de dire, sans avouer. Et ma petite sœur avait acquiescé. Elle s'était contentée de cet « avec ça », qui pourtant dissimulait des gouffres.

25.

Aussitôt, une autre interrogation a surgi. Je ne cessais de me répéter : « Malgré tout, malgré la dissimulation, l'omerta, mon éloignement, comment se fait-il que je n'aie rien vu ? » Il y avait forcément eu des signaux, même faibles, des indices, même ténus. Forcément.

C'est alors que, dans la chambre d'enfant cernée de nuit, ont commencé à me revenir, à la manière de bulles qui remontent des profondeurs et viennent exploser à la surface d'une eau calme, des choses auxquelles je n'avais pas accordé d'importance sur le moment et qui, scrutées et rassemblées *a posteriori*, ont formé une image saisissante.

D'abord, il y avait sa façon de s'habiller. Ma mère était coquette, soucieuse de son apparence. Elle prétendait y accorder de l'attention parce qu'elle exerçait une profession où elle recevait des clients, elle n'allait pas se présenter « en guenilles », alors qu'il lui aurait suffi d'admettre que ça lui plaisait d'endosser de belles tenues qui mettaient en valeur sa silhouette impeccable, laquelle semblait n'avoir traversé aucune grossesse. Pourtant, ces derniers temps, elle ne portait plus que des vêtements informes, des pulls flottants, des pantalons trop larges. Elle avait cédé à l'injonction de son mari : ne plus attiser le désir des hommes. Et elle avait aussi lâché la rampe, n'ayant plus le courage de prendre soin d'elle. J'avais bien noté cette transformation mais sans y faire allusion, de peur d'être indélicat, inélégant. Et puis j'avais pensé : c'est le week-end (la semaine, j'étais absent), on a bien le droit de s'habiller avec ce qui vous tombe sous la main.

Elle avait également cessé de se maquiller. Auparavant, elle aimait mettre un peu de rouge sur ses lèvres, sur le haut de ses joues, ou souligner ses yeux d'un peu de khôl, elle y avait renoncé. J'ai dû me dire : ça a à voir avec l'âge, passé quarante ans tu ne peux plus te comporter comme à vingt-cinq, tu choisis la sobriété, l'épure, sinon tu risques rapidement de ressembler à ces femmes fardées qui suscitent des moqueries sur leur passage. Ou plus sûrement, je ne m'étais rien dit.

Elle avait maigri. Cela, je le lui avais fait remarquer. Elle m'avait répondu sur le ton de la plaisanterie : « J'ai commencé un régime, il faut que je fasse gaffe maintenant, les kilos que tu prends, tu ne les reperds jamais. » J'avais haussé les épaules pour marquer ma réprobation, de ses propos, et de son régime. Elle m'avait souri. On était passés à autre chose.

Ceci encore. Un jour, mon père avait balancé une remarque désobligeante, sur son travail à elle, qui n'en était pas vraiment un, un truc dans le genre, et comme elle ne réagissait pas, je m'étais substitué à elle, j'avais cru bon de rétorquer que c'était un métier de contact, fatigant, et qui faisait qu'ils ne manquaient de rien.

Quand j'avais ajouté qu'il était utile, parce qu'elle vendait des journaux, des livres, il avait persiflé : « Et des jeux à gratter et des paquets de cigarettes. » L'air de dire qu'elle entretenait les addictions, fabriquait même des cancers. Ça m'avait mis hors de moi. Pendant ce temps, elle était restée inerte, ne s'était nullement défendue et cette inertie m'avait agacé alors qu'elle aurait dû m'alerter, elle n'était pas anodine.

Ceci surtout. Elle était devenue terne. À tous points de vue. Pâle, effacée et triste. Le contraire de celle qu'elle avait été. Car elle s'était longtemps montrée enjouée, vive, pimpante, et ça s'était estompé, dissipé. Comme ça n'avait pas disparu du jour au lendemain, il était possible de ne pas s'en être rendu compte. Au fond, elle s'était éteinte à la façon d'une bougie qui se consume. Une amie qui ne l'avait pas vue depuis longtemps avait osé lui en faire la remarque devant nous et j'avais alors admis qu'elle avait raison. Il avait fallu un œil extérieur, l'avis d'un tiers pour que je prenne conscience de cette lente mais radicale métamorphose. Ma mère avait aussitôt répondu : « Je travaille beaucoup, tu sais. Et je n'ai plus vingt ans. » J'avais acheté ce bobard. Pire, au lieu de m'inquiéter, je l'avais houspillée, la priant gentiment de se ressaisir. Son amie m'avait adressé un regard sombre que je n'avais pas relevé sur le moment. Ce regard m'est distinctement revenu, ce soir-là, dans la maison de Mme Bergeon.

26.

« Et les autres, ils n'ont rien vu non plus ?
— Quels autres ?
— Les voisins, leurs amis, nos grands-parents, notre tante… »

J'ai posé la question parce que cette histoire d'aveuglement me taraudait (elle commençait juste à me tarauder, j'ignorais qu'elle allait me hanter encore longtemps). Comment tant de gens avaient-ils pu « passer à côté » ?

Et j'avais besoin de comprendre si quelqu'un aurait pu empêcher l'irréparable, ou si nous avions été nombreux à avoir fait preuve d'une négligence blâmable, ou si nous avions tous été bernés de la même manière. Dans le premier cas, j'aurais disposé d'une personne sur qui concentrer ma colère. Dans le deuxième, j'aurais pu me délester un peu de la culpabilité qui déjà me dévorait. Dans le troisième, je me serais senti un peu moins seul. Néanmoins, si j'y songe, tous mes espoirs étaient vains. Il aurait été absurde et même malsain de chercher un bouc émissaire, l'unique coupable était mon père. Il aurait été illusoire de croire qu'on pouvait partager la faute, ce n'était pas parce que d'autres avaient été aussi indifférents ou imprévoyants que moi qu'un non-lieu me serait accordé. Il aurait été surprenant que, même dédouané, je me sente subitement débarrassé du remords et de la honte. Non, ils allaient demeurer, s'enkyster, s'infecter, ce remords et cette honte, je le pressentais.

« Je ne sais pas. En tout cas, ils n'ont rien dit, rien fait. »

Léa, sans le faire exprès et sans penser à mal, énonçait des réponses qui sonnaient comme des sentences. Elle voulait sans doute dire que s'ils n'avaient pas agi, c'est parce qu'ils étaient dans l'ignorance. Mais à la place, on entendait un reproche, une condamnation.

Et ces reproches n'auraient pas forcément été infondés. En effet, est-ce qu'on ne voit rien ou est-ce qu'on ne veut rien voir ? Est-ce qu'on n'est pas conscients ou est-ce qu'on s'arrange avec sa conscience ? Et quand elle vient nous titiller, notre conscience, est-ce qu'on ne se trouve pas des excuses ? « J'interprète… Je me fais des films… S'il y avait un problème, elle me le dirait… Je ne vais pas me mêler de leur intimité, je n'aimerais pas qu'ils se mêlent de la mienne… » Et quand, après coup, la vérité est dévoilée, cette vérité qui se trouvait sous nos yeux et qu'on n'a même pas aperçue, on peut encore se dire : « Ils cachaient bien leur jeu, enfin surtout lui, bien sûr… Il nous a manipulés… Et elle, de toute façon, elle a toujours répugné à se donner en spectacle… » On déniche même des formules définitives : « On ne pouvait pas imaginer l'inimaginable… »

Léa était toujours étendue sur le lit, les yeux fixant le faux ciel étoilé, quand elle a ajouté, d'une voix tremblante : « Non, la seule qui a vu, c'est moi. »

À cet instant, je me suis levé d'un bond pour venir me placer à côté du lit, debout, de sorte que je la regardais en surplomb. Je lui ai lancé sur un ton ferme, qui m'a moi-même étonné : « Rien n'est de ta faute. Rien du tout. Enlève-toi tout de suite cette idée de la tête. »

Elle a été aussi surprise que moi, au point d'acquiescer immédiatement à ma consigne. Elle a dit : « D'accord. » Davantage pour me faire plaisir que parce qu'elle avait réellement décidé de m'obéir.

D'ailleurs, ne venais-je pas de lui intimer un ordre que je serais bien incapable de suivre moi-même ?

27.

Je me suis assis sur le rebord du lit et nous sommes revenus à ce qu'elle avait révélé un peu plus tôt, la décision de notre mère de partir. J'ai dit : « Il avait compris ? » Je parlais de notre père, bien sûr. Ma sœur s'est tournée vers moi et a murmuré : « Je crois que c'est ce qu'elle lui a annoncé, ce matin. »

La révélation m'a littéralement stupéfait.

Aussitôt, j'ai songé : c'était donc cela qui avait armé son bras vengeur, pas seulement sa méfiance maladive, pas seulement un pressentiment, mais bien l'annonce qu'elle entendait faire sa vie loin de lui, sans lui, une annonce qui lui avait semblé si insupportable qu'il en avait perdu toute raison, toute retenue.

Pourtant, il ne fallait pas s'y tromper : la folie soudain surgie n'expliquait pas tout – dès cet instant j'en ai été persuadé –, non, il avait sans doute été poussé, porté par la conviction, profondément et solidement ancrée, d'avoir droit de vie et de mort sur son épouse. La violence avec laquelle il s'était acharné le démontrait. Sa fuite en attestait, car il aurait pu se rendre aussitôt, confesser son crime, accepter son châtiment, et il s'y était soustrait. S'il avait effectivement agi sous le coup de la colère, cela n'enlevait rien, pour moi, à sa responsabilité.

« Ils criaient fort. Pour une fois, on aurait dit qu'ils s'en fichaient que je les entende. Et, à un moment, elle a lâché le morceau. Elle a hurlé quelque chose comme : de toute façon, je vais partir. J'ai l'impression qu'elle n'avait pas l'intention de lui dire, en tout cas pas de cette façon, pas à ce moment-là, mais il l'a poussée à bout, alors elle a balancé son truc, elle voulait en faire une menace générale, tu vois, elle voulait le faire taire et lui il a compris qu'elle avait déjà fait ses valises. »

À écouter Léa raconter, j'ai spéculé que le drame s'était peut-être joué à pas grand-chose. Si notre mère n'avait pas proféré cette menace, notre père l'aurait peut-être épargnée. Et puis, je m'en suis retourné à la certitude qui se forgeait en moi : de toute façon il l'aurait tuée, il aurait fini par la tuer. Il ne manquait qu'une étincelle pour allumer la mèche. Cette énième dispute, conclue par un aveu arraché, avait été cette étincelle. Tôt ou tard, il y en aurait eu une autre. À un tel degré d'effroi, on se console comme on peut.

Toujours en écoutant Léa, m'est soudain revenu qu'elle avait *assisté* à une mise à mort. Je l'avais presque occulté, tout à ma sidération, à mon accablement, et à l'enchaînement des événements depuis son coup de téléphone. Et ça m'a sauté au visage de nouveau. Ma sœur, ma pauvre petite sœur, armée seulement de ses treize ans, avait vu et entendu l'aigreur monter, l'exaspération se manifester et l'irréparable être commis. Alors, chose que je n'avais plus faite depuis ses six ans, je me suis étendu sur le lit, à côté d'elle, et j'ai serré sa main, sans prononcer la moindre parole. En retour, elle a refermé très fort sa main sur la mienne.

Plus tard, j'ai fini par glisser : « Il faudra que tu le racontes aux gendarmes. »

Croyant que je lui adressais un reproche, elle a expliqué pourquoi elle n'en avait pas pipé mot l'après-midi face à Pierre Verdier : « Je voulais te le raconter à toi avant. Et c'est la première fois qu'on est tout seuls depuis que tu es arrivé. C'est des choses qui nous regardent, nous, d'abord, non ? »

J'ai failli lui répondre qu'un meurtre, qui plus est aussi abominable, aussi révoltant, ça nous échappait, ça appartenait à tout le monde, à ceux qui s'en occupaient, à ceux dont ça aiguisait la curiosité, ça rentrait dans le champ public et on n'y pouvait rien, mais je me suis tu. Car elle avait raison : *ces choses* nous regardaient nous, d'abord. Elles allaient même définir la trajectoire future de nos existences.

28.

Et puis, sans nous être concertés, cernés par la nuit vaporeuse, nous avons éprouvé, au même moment, le besoin de parler d'elle. Elle, notre mère. Mais d'en parler non plus comme d'une morte, comme d'une femme assassinée, comme d'un sujet d'investigation, non, comme de celle qu'elle avait été pour nous, *de son vivant*. Tout à coup, pour tenter de calmer la confusion dans laquelle nous étions plongés, et de mettre, au moins pour quelques instants, la désolation à distance, nous avons eu besoin de nous souvenir, de nous dire : nous avons été heureux avec elle, c'était une femme bien, voilà ce qui devrait subsister, pas le reste, pas les images d'une scène de crime, pas les échos de disputes, pas la perspective d'un long périple judiciaire et d'un deuil interminable.

En premier, sans que je sache pourquoi, Léa s'est rappelée quand ma mère et moi nous lancions dans des séances de pâtisserie : c'était le dimanche, son seul vrai jour de repos, nous nous installions à la table de la cuisine, solennellement, avec devant nous un saladier, des œufs, du lait, de la farine, du beurre, du sucre, de la levure, le batteur pour les blancs en neige, des pommes s'il s'agissait de tartes, du chocolat quand on optait pour une mousse, du Philadelphia quand on tentait un cheesecake, j'étais concentré, elle était joyeuse, et Léa n'en perdait pas une miette. Cette nuit-là, elle a dit : « J'aimais tellement vous regarder, c'était mieux qu'être au spectacle. » Cette confession m'a arraché des sanglots, que j'ai effacés aussitôt. Elle a enchaîné, comme si de rien n'était : « Quand même, mon moment préféré, ça reste quand vous faisiez des crêpes, elle t'aidait à les faire sauter. » J'ai aussitôt revu notre complicité en ces occasions. C'étaient des moments de rien du tout quand on y songe. Et je comprenais, trop tard, que c'étaient les moments les plus importants.

J'ai dit : « Toi, tu aimais lui brosser les cheveux. » Elle commandait à notre mère de s'asseoir sur une des chaises de la salle à manger et celle-ci se soumettait, de bonne grâce, à ce qui, avec le temps, s'était mué en cérémonial. « Depuis toute petite, je voulais être coiffeuse, je m'exerçais, tu comprends. » Ça lui était passé récemment, cette vocation, désormais elle entendait devenir infirmière. Elle n'avait pas fait attention qu'en renonçant à son rêve d'enfant, elle renonçait également à leur intimité.

Nous avons évoqué les escapades sur le bassin d'Arcachon, on apportait des serviettes, un parasol, et on restait des heures, elle aimait le soleil sur sa peau, même si elle prenait soin de s'en protéger, nous nous sommes souvenus au même moment de notre mère appliquant de la crème solaire sur ses bras, sur l'arête de son nez, tandis que notre père fanfaronnait, expliquant que c'étaient des conneries tout ça, qu'on ne risquait rien, avant de courir se jeter à l'eau. Et, si on avait été sages, on avait le droit d'aller acheter des chichis ou une glace. Elle nous contemplait avec un léger sourire, tandis qu'on les dévorait. Nous avons évoqué ce léger sourire.

J'ai rappelé que c'est elle qui m'avait amené à l'école de danse la première fois. Je venais de voir *Billy Elliot* et je souhaitais tant lui ressembler. Je m'apprêtais à la supplier et elle m'avait tout simplement répondu : « Si c'est de ça que tu as envie, mon chéri… » (Elle m'appelait mon chéri ; pas son mari, moi.) Elle était restée à m'attendre devant le bâtiment et ses yeux brillaient autant que les miens quand j'en étais ressorti.

Léa s'est souvenue d'elle, l'aidant à faire ses devoirs le soir. Souvent elles n'étaient que toutes les deux à la maison, notre père étant sorti pour boire un verre avec ses copains et moi m'étant déjà installé à Paris. Dès que les cahiers étaient refermés, elle allumait la radio sur une station musicale et se mettait quelquefois à danser, emportée, transfigurée par Céline Dion ou Abba, en préparant le dîner. Quand il arrivait à Léa de se moquer gentiment de son exaltation, elle disait : « Ça me manque, de ne plus danser. »

J'ai ajouté, en tremblant : « Et puis, il y a eu ce jour où je lui avoué que je préférais les garçons. » C'était un dimanche de printemps, nous étions au salon, elle repassait du linge, je paressais sur le canapé et soudain, c'était sorti : « Je t'ai parlé de Léo, tu te souviens ? En fait, je crois que je suis amoureux de lui. » J'y avais longuement réfléchi avant, évidemment. Pour en arriver à la conclusion que l'annonce passerait mieux si je racontais une histoire d'amour. Et il ne s'agissait pas d'une invention : Léo et moi on flirtait vraiment, quelques jours plus tard on passerait à l'acte, on avait seize ans. Elle s'était arrêtée de repasser, tenant son fer en l'air quelques instants, puis avait repris son mouvement comme si de rien n'était. Elle n'avait eu besoin que de cette poignée de secondes. Elle avait dit : « C'est bien d'être amoureux. » Pouvait-on trouver plus parfaite réplique ? Tenant tout de même à m'assurer qu'elle encaissait réellement le choc, je lui avais adressé un regard interrogatif. Elle y avait répondu d'une manière inattendue : « Tu sais, en ce moment, au magasin, on vend un hors-série sur James Dean, je me suis mise à le feuilleter l'autre jour, je ne sais pas trop pourquoi, c'est pas mon époque, peut-être à cause de la photo sur la couverture, bref, eh bien il est écrit que sa mère était fière de lui parce qu'il n'était pas comme les autres gamins, et figure-toi que je me suis dit que, pour moi, c'était pareil. » J'avais dû retenir mes larmes. Une fois son repassage achevé, elle était venue s'asseoir près de moi et avait murmuré : « On ne va pas le dire à ton père, c'est mieux si ça reste un secret entre nous, je crois. » Avant de passer sa main dans mes cheveux pour les ébouriffer.

À force d'évoquer ces souvenirs, et d'autres encore, nous avons fini par trouver le sommeil. Un mauvais sommeil dont nous avons été tirés par la sonnerie du téléphone aux toutes premières heures du matin. C'était Pierre Verdier. Le fugitif venait d'être retrouvé.

29.

Les gendarmes l'avaient arrêté, au jour naissant, dans un hangar à la sortie de la ville. Une voisine s'était étonnée d'avoir retrouvé cassée la chaîne rouillée qui tenait la porte close depuis des années. L'endroit était abandonné et on se demandait d'ailleurs pourquoi il n'avait pas été détruit. Mue par la curiosité, elle avait poussé la porte et aperçu un homme recroquevillé dans un coin, qui dormait. C'est le sang sur ses vêtements qui l'avait alertée. Aussitôt, elle était retournée chez elle en courant et avait cherché sur Internet la photo du type qui avait tué sa femme et dont on avait parlé la veille au journal régional. C'était lui, elle en était certaine. Elle avait composé le 17 et une brigade était venue le cueillir un quart d'heure plus tard. Il n'avait pas opposé de résistance. Il existe une photo de lui, menotté au moment de son interpellation, je ne sais pas qui l'a prise.

Néanmoins, je retiens qu'il ne s'est pas rendu. Il aurait pu être dévoré par le remords et aller se livrer mais non, il avait préféré se planquer. Il aurait pu *a minima* admettre le caractère désespéré de sa cavale car il n'avait rien à escompter en se cachant dans une baraque en tôle, à moins de cinq kilomètres du lieu du crime. Dans sa fuite aussi bien que dans sa capture, il y avait quelque chose de lamentable. Une médiocrité.

Transporté dans le bureau du commandant, il s'est d'abord avachi (c'est ce qui nous a été rapporté après coup), comme un homme saoul, ou « comme un clochard » (je n'ai pas oublié cette comparaison). Alors qu'on lui demandait instamment de se ressaisir, il s'est redressé d'un coup. Il venait enfin de comprendre qu'il allait lui falloir répondre de ses actes. Qu'il allait devoir les nommer, pour la première fois, les décrire, et ce faisant les assumer. Car jusque-là, il s'était contenté, dans sa fugue, de les ruminer, à l'instar des lâches, dans le seul but de s'inventer une justification, au moins des circonstances atténuantes. Le commandant n'était pas disposé à l'entendre jouer les victimes, ni à pleurnicher. Une femme était morte, c'était une chose sérieuse, une chose très grave, il n'y avait pas de place pour la comédie.

Pierre Verdier est allé à l'essentiel : « Reconnaissez-vous avoir tué votre épouse, dans la matinée d'hier ? » Notre père s'est d'abord contenté de hocher la tête, en signe d'acquiescement. Le flic lui a commandé d'articuler et de répondre distinctement par un mot, une phrase. Il attendait des aveux en bonne et due forme. Notre père y a consenti. Avait-il le choix ?

Verdier lui a ensuite demandé où se trouvait l'arme du crime. Notre père s'en était débarrassé. Il a éludé : « Je ne me rappelle plus. » Verdier a insisté : « Je pense que ce genre de détails ne s'oublie pas, j'attends... » L'accusé, sur sa chaise, s'est agacé : « Puisque je vous dis que je ne me rappelle plus ! » (Quand ses propos m'ont été rapportés, j'ai imaginé qu'il avait dû balancer le couteau sur un bas-côté ou en lisière d'un chantier, ou dans un champ, j'ai imaginé qu'un jour, par hasard, quelqu'un tomberait dessus, ce serait peut-être un enfant ; le sang de ma mère serait encore sur ce couteau.)

Verdier lui a alors demandé d'exposer les motifs de son geste. Et là, soudain, il s'est figé et il est resté muet, le regard dans le vide (c'est l'expression qu'a employée le commandant quand il nous a raconté la scène). Finalement, il a relevé la tête pour lâcher : « Je veux parler à un avocat. »

Avant d'ajouter, un peu plus tard : « Ah, il faudrait m'amener mes enfants aussi. » Même dans cette situation, il commandait, il proférait encore des exigences.

30.

J'ai écarté le téléphone de mon oreille et dit à Léa : « Il veut nous voir. »

Je n'ai pas oublié le regard qu'elle m'a adressé, un regard empli de *terreur*. Exactement comme si elle redoutait qu'il lui fasse subir à elle ce qu'il avait fait subir à notre mère. Il s'agissait d'une peur infondée, évidemment, irraisonnée, mais quelle importance ? Ce qui importait, c'était d'entrapercevoir pour la première fois la profondeur du traumatisme qu'elle avait subi. Car c'était bien cela dont son regard témoignait.

J'ai rapproché le téléphone de mon oreille et dit : « Nous, on ne veut pas. »

Il était entendu, sans avoir eu besoin de le formuler, que nous ne ferions rien l'un sans l'autre, que, dans cette épreuve, nous serions alignés, solidaires. Et, de toute façon, moi aussi, je répugnais à me trouver en présence de notre père. Ses mains avaient donné la mort à notre mère, ses coups portés l'avaient fait tomber à terre dans une mare de sang. Et il n'était pas question de se plier à ses requêtes : nous ne lui devions rien, nous ne lui devions plus rien, du tout.

(C'était vertigineux, du reste : d'un coup, nous ne nous sentions plus aucune obligation à son endroit, nous n'avions plus à lui obéir, à lui être redevables de quoi que ce soit, notre dette – si on considère qu'être élevé par ses parents nous fabrique une dette envers eux – était effacée, nous étions détachés de lui comme un bloc de glace se détache d'une banquise, son acte nous avait libérés, affranchis, nous étions libres de nos décisions, de nos choix, pour la première fois, peut-être. Au moins, nous le supposions.)

Cependant, je dois admettre que, d'un autre côté, il était tentant d'accéder à sa demande : ne serait-ce que pour lui exprimer en face notre condamnation sans appel, la répudiation dont il faisait désormais l'objet.

(Puisque, à cet instant précis, tout l'amour – il y en avait eu, pourquoi le nier, c'était normal – avait disparu, remplacé par du ressentiment, du dégoût, de l'aversion. Ce que nous ignorions, c'est que l'amour familial ne s'efface pas d'un trait de plume, il en reste toujours quelque chose ; j'y reviendrai.)

Verdier a tenté de nous faire entendre raison : « Je comprends votre position. Toutefois, je ne vous cache pas que cela nous aiderait si vous acceptiez. Il me semble qu'à vous, et à vous seuls, il pourrait raconter ce qui s'est passé et son récit sera très utile à la manifestation de la vérité. »

J'ai objecté : « On la connaît, la vérité. Et il l'a avouée. Qu'est-ce que vous voulez de plus ? »

Il parlait de circonstances, d'horaires, d'arme, de mobile, et je m'en fichais, moi je ne voyais que de la souffrance, une horreur sans fin, et nous avions plutôt besoin de stopper cette plongée dans les abîmes. J'ai confirmé notre refus.

Habile, il s'est justement placé sur le terrain des sentiments : « Vous ne pourrez pas repousser éternellement le moment et il faudra en passer par là pour entamer votre travail de deuil. »

(Affreuse, cette formule rebattue, que je redoutais d'entendre. Elle avait fusé encore plus vite que je ne le pensais.)

Il avait sans doute raison mais c'était trop tôt, beaucoup trop tôt.

Il s'est fait plus menaçant, dévoilant une facette de sa personnalité que nous ne lui connaissions pas : « Nous pourrions ordonner une telle confrontation, vous savez… »

J'ai répondu : « Faites comme vous l'entendez », avant de raccrocher.

Léa m'a dévisagé. Puis elle a lâché : « Tu ne l'as pas appelé *papa*…

— Quoi ?

— Tu n'as pas dit : papa veut nous voir. »

Elle venait de toucher un point fondamental. Comment allions-nous l'appeler désormais ? Comment allions-nous le désigner ?

J'ai enlacé Léa assise sur le rebord du lit. Elle tremblait.

31.

En cette matinée débutait donc le premier jour du reste de nos vies (encore une formule mais celle-ci était rigoureusement, tragiquement exacte). Le ciel était laiteux. On nous promettait de la pluie pour le milieu de l'après-midi.

Et alors que nous nous préparions à demeurer dans la sidération et la tristesse, la réalité a déboulé. Une réalité prosaïque, terre à terre.

D'abord, nous nous sommes heurtés à une porte fermée. Naïvement, nous avions cru qu'une fois le corps de notre mère déposé à la morgue, l'accès à la maison nous serait de nouveau permis. C'était tout le contraire : des scellés avaient été posés. Pierre Verdier avait évoqué cette perspective lorsque nous avions fait connaissance, mais je n'y avais pas vraiment prêté attention. À ce moment-là, j'étais concentré sur l'événement qui venait de se produire, ou j'ai dû penser qu'ils seraient posés uniquement sur la cuisine où le meurtre avait eu lieu, et temporairement. Je découvrais que nous ne pouvions pas entrer dans notre propre domicile. Et, pour qu'il n'y ait aucun doute, un gendarme posté devant le jardin nous en a signifié l'interdiction sur un ton qui ne supportait pas la négociation, pas même une réplique.

Nous étions donc là, tous les trois, Léa, papy et moi, impuissants, lamentables, démunis, devant le pavillon de notre enfance, soudain inaccessible. Ainsi, il n'avait pas suffi que nous perdions l'être que nous aimions le plus au monde, il fallait encore qu'on nous dépouille et qu'on nous laisse à la rue. Mais soyons clairs, on ne nous confisquait pas seulement des murs, on nous confisquait notre vie, nos souvenirs, on s'emparait de ce qui avait fait notre quotidien depuis toujours, comme si l'enfance aussi devait être effacée. Plus trivialement, on nous privait de nos effets personnels, de nos vêtements. Ce que nous ignorions, c'est que cette expropriation blessante, aberrante allait durer de très longs mois.

Notre grand-père s'est montré pragmatique : « On va au Leclerc. » La phrase nous a fait sursauter, elle ne cadrait pas avec la désolation de l'instant, avec cette dépossession grotesque, cependant elle était marquée au coin du bon sens. Nous avons donc pris sa voiture pour filer au centre commercial. Je nous revois poussant notre chariot le long des allées désertes, au son des réclames, redécouvrant les biens élémentaires, nous procurant tee-shirts, pulls, jeans, caleçons, culottes, mousse à raser, shampooing, gel douche, brosses à dents, les choses de la vie courante, afin que la vie courante veuille encore dire quelque chose.

C'est lui qui a tout réglé. De toute façon, nous aurions bien été incapables d'avancer la moindre somme. Léa ne possédait pas de compte en banque et le mien était dans le rouge. Je me suis demandé ce que nous aurions fait sans lui. Et la réponse est simple : rien.

Alors que nous nous trouvions encore sur le parking, en train de remplir le coffre, c'est lui qui nous a rappelé une évidence : nous devions songer aux obsèques. J'ai fait valoir qu'aucune date ne pouvait être fixée tant que nous ne disposions pas du feu vert du médecin légiste. Il m'a répondu, du tac au tac, que cela ne nous empêchait pas de nous rendre aux pompes funèbres, pour le choix du cercueil et l'organisation de la cérémonie. Son objection m'a étonné. Il m'a confié, longtemps après, qu'il avait eu l'impression que je refusais l'obstacle. Avec la mort, ça ne servait évidemment à rien. Elle lançait les dés et on était bien obligés de jouer.

Un quart d'heure plus tard, nous nous garions rue du Repos (ça ne s'invente pas). Une femme sans âge, presque sans visage, sans expression en tout cas nous a accueillis et conviés à nous asseoir. Dans son bureau aux tons remarquablement neutres, l'espace semblait avoir été aménagé pour tranquilliser, et pour ne pas détourner l'attention. Elle nous a présenté sur catalogue les cercueils existants, les parisiens avec leur forme plate, les lyonnais avec leur coupe droite, les « tombeaux » avec leur couvercle surélevé. Désirions-nous du chêne massif, de l'érable, une finition satinée, un dessus mouluré, des panneaux galbés, une épaisseur renforcée, des poignées en laiton ? Tout était possible. Il suffisait de demander.

La tête me tournait. Même mes mauvais rêves me paraissaient moins nauséeux. Étions-nous réellement en train d'avoir cette conversation ? Je n'avais qu'une envie : me lever, partir. Comment fallait-il s'y prendre pour supporter ça ?

Finalement, nous avons laissé notre grand-père décider. De nouveau, c'est lui qui paierait. Léa a juste dit : « Il faut que ce soit simple. Maman n'aimait pas les trucs tape-à-l'œil. »

En sortant, le ciel était toujours laiteux et nous sommes naturellement convenus de nous rendre à l'église. Il fallait rencontrer le curé pour prévoir avec lui la cérémonie. Notre mère n'était pas croyante, nous non plus, mais l'église, c'est ce qui se faisait. Sur le chemin, dans la voiture, le silence était pesant. De quoi aurions-nous pu parler ? Ce qui comptait, c'était de parer au plus pressé, d'être efficaces. Au fond, ça nous arrangeait. Ces démarches constituaient finalement une diversion bienvenue. Elles nous soustrayaient, pour quelques heures, à notre accablement.

Le curé ne nous a pas reconnus, ce qui était logique puisqu'il avait pris son service récemment, et que, de toute façon, nous n'assistions jamais à la messe. Il n'a pas non plus fait le rapprochement avec l'épouvantable fait divers qui alimentait les discussions depuis la veille. Il a vu deux jeunes orphelins et manifesté une compassion qui nous a paru sincère, authentique, intègre. Nous nous sommes rendu compte qu'il était le premier étranger à témoigner une telle sympathie. Les gendarmes, occupés à leurs investigations, s'étaient montrés aimables, mais sans plus. Mme Bergeon ne parvenait pas à s'exprimer, son visage contrit parlant néanmoins pour elle. Au restaurant, le personnel nous avait contemplés de loin en chuchotant. Là, un homme manifestait de l'empathie, de la bonté. C'était son métier, me direz-vous. Il y excellait. Et puis, sans faire exprès, il a commis un impair. Ayant remarqué l'absence d'un veuf, il a dit, s'adressant à nous, les enfants : « Vous n'avez plus votre papa ? » Nous nous sommes regardés, désemparés. Papy a répondu pour nous : « Vous avez peut-être entendu parler du meurtre qui a eu lieu hier... » Il n'a pas osé énoncer les faits dans leur nudité, pas dit frontalement : « Leur père a tué leur mère. » Sans doute pour nous épargner la sonorité d'une phrase pareille. Sans doute aussi parce qu'il n'en était pas capable. Le curé a aussitôt blêmi et posé sa main sur mon épaule, sans appuyer. Son aube sentait la lessive, le lilas chimique.

Rendus au dehors, au profane, nous sommes restés quelques minutes sur le parvis de l'église, comme si cette pause nous était nécessaire pour recouvrer une respiration normale. Nous avons évité de regarder le rideau tiré du tabac-presse. Puis papy, levant les yeux, a conjecturé : « On va se prendre la flotte. » Ce qui sonnait la retraite vers son hôtel.

Nous nous sommes affalés dans le lobby, où des magazines pas tous récents traînaient sur une table en verre constellée de marques de doigts. J'escomptais que nous en ayons fini de nos démarches quand notre grand-père nous a fait remarquer qu'il faudrait s'occuper des factures parce que le quotidien ne s'arrête pas et qu'il a ses urgences, ses exigences, ainsi que des papiers de banque ou d'assurance parce que la mort oblige à tout rectifier, voire à clôturer. Léa a demandé des éclaircissements : « On va appeler ces gens pour leur dire que maman est morte et qu'il faut supprimer son nom partout ? » Sa question nous a glacés. J'ai murmuré : « On fera des courriers. » Il était inutile de s'appesantir. Une femme a alors traversé le lobby, elle avait l'âge de notre mère.

Repensant dans la foulée à ce qui nous accaparait depuis le matin, ces choses qui paraissaient triviales, mais qui étaient nécessaires, je me suis dit qu'aucune jeune fille de treize ans, aucun type de dix-neuf n'était préparé à ça, aucun n'y avait réfléchi. Nous apprenions en accéléré.

32.

Le téléphone a sonné : c'était de nouveau Pierre Verdier. Il tenait à nous revoir, prenant soin de préciser qu'il ne s'agissait pas, « bien entendu », d'une « convocation » (regrettait-il la sécheresse de son ton, un peu plus tôt ?). Il avait des informations à nous communiquer et le mieux, c'était encore de nous retrouver à la gendarmerie.

Quand nous avons franchi la porte de son bureau, il avait l'air préoccupé. D'abord, il nous a indiqué que notre père « ne coopérait plus », dans l'attente de son conseil. Il espérait qu'il se montrerait plus loquace dès que celui-ci se présenterait. Il s'agissait d'un avocat bordelais, on ignorait comment il l'avait dégoté, et même s'il le connaissait, mais le commandant s'en remettait au règlement, à la procédure.

Il en a profité pour nous signaler que nous devrions, nous aussi, prendre un avocat. Nous devions nous constituer partie civile en vue du procès. J'ai marqué l'étonnement : « On n'en est pas là… » En retour, il a été explicite : « Je vous suggère de ne pas perdre de temps. » J'ai poursuivi mon objection : « On n'a pas d'argent ! Comment on prend un avocat quand on n'a pas d'argent ? » Mon grand-père a coupé court à mon inquiétude : « Je paierai. »

Tout était nouveau. Tout était inédit. Tout était fou. Tout me décontenançait.

De son côté, Léa affichait un regard vide. Comme si elle n'était pas avec nous. Déjà.

« Et puisque nous en sommes aux considérations juridiques… »

Nous avons écouté distraitement son préambule, la suite allait retenir notre attention.

« Votre père, bien que sa mise en examen et son incarcération ne fassent aucun doute, conserve tous ses droits de père. Même depuis sa cellule, il pourra continuer à prendre les décisions, notamment s'agissant de toi, Léa, car tu es mineure. Il aura la main sur ton orientation scolaire… ou sur tes opérations chirurgicales, par exemple, si tu es amenée à en subir, tes voyages. Il pourrait même exiger des visites au parloir. Tu devras dire si cette situation te convient ou si, à l'inverse, tu préfères qu'un autre que lui devienne ton responsable légal. Dans tous les cas, il faudra en parler avec lui rapidement. C'est pourquoi je vous encourage à vous rencontrer. Il peut être plus enclin à accepter vos requêtes aujourd'hui parce qu'il a beaucoup à se faire pardonner. Demain, ce sera peut-être une autre affaire. »

J'étais abasourdi. Certes, il s'agissait d'une question dont j'ignorais qu'elle puisse même être posée (une de plus) mais, si on la posait, le simple bon sens aurait commandé que mon père soit, presque automatiquement, déchu de ses droits. Comment pouvait-on imaginer qu'un mari violent doublé d'un meurtrier ne soit pas un père dangereux, ou au moins inapte ? Concevoir qu'un type qui allait passer des tas d'années derrière les barreaux puisse décider à distance du destin de sa progéniture comme une télécommande actionne, je ne sais pas moi, une porte de garage ? Comment la justice pouvait-elle tolérer, voire favoriser, ce genre d'anomalie, de monstruosité ? Notre père devait être mis hors d'état de nuire, de nous nuire, au moins tenu éloigné de nous. Et découvrir qu'il faudrait en passer par une négociation me donnait envie de vomir.

J'ai tiqué aussi sur le « beaucoup à se faire pardonner ». J'y ai vu une maladresse. Le commandant n'ignorait pas qu'un acte comme celui qui avait été commis était tout bonnement impardonnable.

De manière subsidiaire, je saluais néanmoins, en silence, son habileté : Verdier venait de nous obliger à affronter notre père.

J'ai dit : « Moi, je veux bien être le tuteur de Léa, si c'est possible. Et si elle est d'accord. »

Se tournant vers moi, ma sœur a esquissé un sourire. Cependant, avant même qu'elle ne réponde, le commandant a repris la parole : « Si je peux me permettre, je suggère plutôt que vous optiez pour votre grand-père. C'est un adulte, qui a élevé une enfant, qui a des revenus, un patrimoine, et qui, surtout, se trouve être le père de la victime. C'est assez inattaquable. »

Il avait sans doute raison. Nous nous sommes tournés vers papy, qui a acquiescé d'un hochement de tête presque timide.

En à peine une minute, nous venions de trancher une question fondamentale.

33.

Verdier a ensuite pris un air carrément embarrassé.

« Mais je ne vous ai pas fait venir pour cela… »

Nous nous sommes demandé ce qui allait nous tomber dessus. Je crois même avoir rentré la tête dans les épaules, par réflexe. Nous ne cessions de prendre des coups depuis vingt-quatre heures et tout indiquait que notre supplice n'était pas terminé.

« Nous avons retrouvé dans nos dossiers une main courante déposée par votre mère l'an dernier… »

En réalité – nous l'apprendrions plus tard – un sous-lieutenant avait toqué à la porte de son commandant le matin même, de son propre chef, et lui avait piteusement avoué, ayant reconnu la victime, qu'il l'avait reçue un an plus tôt. Notre mère avait débarqué, affolée, un soir où il était de garde et avait souhaité porter plainte parce que son mari s'était une fois de plus montré violent avant de s'évanouir dans la nature, probablement pour aller se saouler dans un bar de la ville. Elle disait « être à bout ». Le sous-lieutenant l'avait écoutée, pour autant – il le reconnaissait volontiers désormais – il n'avait pas accordé beaucoup d'importance à ses doléances.

« Des cas comme le sien, on en traite pratiquement toutes les semaines, vous comprenez, avait-il expliqué pour se justifier. Et celle-ci n'était même pas blessée, en tout cas elle n'avait rien d'apparent. » Il avait donc estimé qu'il n'y avait pas péril en la demeure. Devant son insistance, il avait tout de même fini par enregistrer sa demande, plus exactement par la consigner (il ne pouvait pas faire moins), pour n'y donner aucune suite. Le dossier avait été classé, sans même avoir été consulté par qui que ce soit au poste.

Devant nous, Pierre Verdier, soucieux de masquer l'incurie de son subordonné et de défendre ses troupes, a tenté de nous expliquer l'inexplicable.

« Cette main courante reste très vague. Votre mère évoque des coups, mais sans entrer dans les détails. »

Ainsi, c'est notre mère qui était coupable. Coupable de ne pas avoir été assez explicite, de ne pas avoir été couverte de bleus ou de plaies. Le gendarme, quant à lui, ne pouvait pas être coupable de ne pas l'avoir entendue, ni d'avoir retranscrit ses propos de façon liminaire, ni d'avoir manqué de la plus élémentaire psychologie.

« De toute façon, il est très difficile d'évaluer le danger, a balayé Verdier. D'autant que nos hommes – et croyez que je le déplore – ne sont guère formés à ce genre de… situation, vous ne l'ignorez pas. »

Devant nos visages stupéfaits, défaits et notre colère rentrée, il a jugé utile de dégainer ce qu'il estimait être l'argument massue : « La police, comme la gendarmerie, manquent de moyens, je ne vous apprends rien. J'ai des effectifs insuffisants, moi. Je me bats pourtant mais, qu'est-ce que vous voulez, on n'est pas une banlieue à risques, nous. Du coup, on ne peut pas tout traiter, malheureusement. Et surtout tout traiter correctement. Il y a forcément des choses à côté desquelles on passe. »

Le cri d'alarme de ma mère était donc une de ces choses à côté desquelles on passe. J'ai dit : « Une femme battue, c'est moins important qu'un chien perdu ou une voiture emboutie, c'est ça ? »

Agacé, il a alors cru bon de se lancer dans une exégèse, pour le moins maladroite, de son métier. « Il faut que vous compreniez. Un gendarme, c'est formé à traiter le trouble à l'ordre public et, dans son esprit, ça suppose de l'agitation, une cohue, plusieurs victimes. Il se dit qu'une querelle de couple, ça n'entre pas dans ce cadre-là. Et comme il sait que ces affaires sont souvent classées sans suite, il évite de les traiter, parce que, d'une certaine manière, c'est travailler pour rien. Je ne vous dis pas qu'il a raison. J'essaie de vous raconter son mode de fonctionnement. Et puis, c'est un homme, il ne sait pas toujours dialoguer avec une femme. Et c'est un type ordinaire qui considère que les histoires de cœur, ça ne concerne que les intéressés, qu'on n'a pas à s'en mêler, même quand elles tournent mal, les problèmes de ce genre on les règle dans l'intimité… »

Chacune de ses explications constituait une crucifixion supplémentaire.

C'est Léa qui y a répliqué, de la façon la plus ingénue, donc la plus cruelle : « Ça signifie qu'elle ne serait peut-être pas morte si vous aviez fait votre travail ? »

En notre for intérieur, nous devinions que ce n'était pas aussi simple, pas aussi binaire, néanmoins ma sœur venait de témoigner de notre incompréhension furieuse mieux que nous ne l'aurions fait, notre grand-père et moi.

« Je ne peux pas vous laisser dire ça, s'est emporté Verdier. Je ne peux pas vous laisser dire ça. » La répétition de son objection a sonné sinon comme un aveu, du moins comme une façon d'admettre que ses gars et lui n'avaient pas fait leur boulot.

(Pour calmer notre indignation, papy dirait plus tard, dans la voiture : « Au moins il a craché le morceau. Il aurait pu se taire. » Cela étant, s'agissait-il d'honnêteté ? Ou prenait-il les devants, convaincu qu'un jour, nous apprendrions son manquement ?)

Dans le bureau du commandant, j'ai alors fermé les yeux et imaginé ma mère désemparée, désorientée, pénétrant dans ces lieux un an plus tôt. J'ai imaginé le courage qu'il lui avait fallu, ou le désespoir, ou la peur pour oser franchir la porte de la gendarmerie. Pour venir quémander de l'aide. Pour compter sur les forces de l'ordre et espérer que son calvaire s'arrête. Et je l'ai vue, hagarde et misérable, avec son bout de papier dérisoire à la main, finalement renvoyée vers son bourreau et j'ai éclaté en sanglots. Des sanglots inattendus, violents et brefs pareils à ceux des enfants qui tombent et se blessent.

Tout en me tendant une boîte de Kleenex, opportunément sortie d'un tiroir, Pierre Verdier a dit : « Au fait, vous savez que vous pouvez demander un accompagnement psychologique ? »

(Glaçant, ce « au fait ». Glaçante, sa désinvolture. Il en faisait une incise, un détail, une affaire tout à fait secondaire quand il aurait fallu, qui sait, en faire une priorité.)

Sur le moment, je me suis demandé si sa proposition ne visait pas à compenser la faute professionnelle de ses troupes. En réalité, il appliquait le manuel du bon gendarme. Dans les cas de traumatismes violents, surtout parmi les populations jeunes, on offrait les services d'un psychologue. Quand des cars scolaires se renversaient, quand des trains déraillaient, quand des fous se mettaient à poignarder des inconnus au hasard, quand des usines explosaient, quand des crues emportaient tout sur leur passage, on mettait sur pied les fameuses cellules psychologiques pour venir en aide aux victimes ou même aux témoins.

Sans même prendre la peine de consulter Léa, j'ai écarté sa proposition : « On va se débrouiller, merci. »

Quand j'y songe, mon refus immédiat, irréfléchi n'était qu'une réponse puérile, imbécile, à la négligence inexcusable qui avait été commise. À cet instant, je ne voulais plus avoir affaire à des gens qui avaient si gravement failli et qui, d'évidence, ne comprenaient rien à la souffrance des autres. Par ailleurs, j'étais convaincu que nous saurions puiser en nous les ressources nécessaires pour guérir de l'estocade qui nous avait été portée. (« Nous autres, on peut se révéler sensibles à l'occasion mais on est d'abord solides », ne cessait de répéter ma tante.) Je me trompais. Cela aussi, je l'ai appris plus tard. Trop tard.

Verdier, en tout cas, a paru soulagé. Visiblement, il ignorait comment il aurait dû s'acquitter de sa proposition. Au mieux, il aurait appointé une infirmière. Au pire, il aurait dénoncé « le manque de moyens ».

34.

Soudain, il s'est mis à pleuvoir, fort, très fort, sur les carreaux et curieusement j'ai accueilli cette pluie battante comme une bénédiction. Elle nous offrait une paradoxale accalmie, elle agirait tel un baume. Mais le commandant a rapidement anéanti mes espoirs : « Votre père vous attend. » Décidément, nous n'aurions aucun répit. Le temps nous manquait même pour pleurer notre mère, il fallait toujours franchir une nouvelle haie, coupante à nos mollets trop tendres. Ainsi, nous n'étions jamais dans la vacuité, la vacance. Jamais non plus dans l'intelligence d'ailleurs, incapables de réfléchir, de raisonner, de soupeser. Nous n'étions qu'une accumulation de supplices. Une plaie ouverte, une hémorragie.

« Maintenant, ce serait bien. On me signale que son avocat est en route », a-t-il insisté après avoir raccroché son téléphone.

J'ai consulté Léa et nous avons accepté.

Nous sommes entrés avec une précaution exagérée dans une pièce plutôt sombre qui devait servir aux interrogatoires et nous nous sommes assis sagement, le temps qu'on nous l'amène. Nous n'en menions pas large.

En moi-même, je songeais : je hais cet homme désormais, je hais cet homme qui a ôté la vie à notre mère, qui, avant ça, lui a fait traverser un enfer, parce que tout devait toujours tourner autour de lui, parce que ses désirs devaient passer en premier, parce que sa jalousie était irrépressible. Dans cette étrange et silencieuse attente, j'ai remonté le fil du temps pour me rendre compte que cette haine venait de plus loin. Bien sûr, ce n'était pas tout à fait de la haine, plutôt une animosité, une distance, une incompréhension, mais tout de même ce n'étaient pas des sentiments normaux entre un fils et son père.

Dans la petite enfance, s'était-il réellement montré paternel ? avait-il joué avec moi ? avait-il une fois préparé mon petit déjeuner ? savait-il même ce que je prenais le matin ? m'avait-il aidé à enfiler mes vêtements ? m'avait-il accompagné à l'école ? Je n'en conservais aucun souvenir. À huit ans, quand j'avais demandé à apprendre la danse, m'avait-il soutenu ? Non, il m'avait au contraire découragé, s'était moqué de moi. Quand j'avais obtenu mes concours, m'avait-il félicité ? Non, il avait claironné qu'il aurait préféré un fils qui joue au foot. Et depuis que je vivais à Paris, est-ce que je lui manquais ? Non, que je sois à des centaines de kilomètres ne lui posait aucun problème, cela lui retirait même un sujet de contrariété et lui laissait le champ libre (il restait le seul homme à la maison, il agirait à sa guise ; c'était d'ailleurs atroce d'en prendre conscience après coup). Nous étions des quasi-étrangers l'un pour l'autre et qui s'en accommodaient en n'en parlant jamais.

Quand il s'est présenté à nous, j'ai immédiatement remarqué son regard. Un regard de chien battu, un air penaud qui voulait dire : je suis désolé, je vous demande pardon. Je me suis rappelé ce que Léa m'avait appris : après chaque gifle infligée à notre mère, il s'excusait. C'est ce regard-là qu'il devait lui offrir. Il m'a semblé absolument faux, fabriqué, insincère. Il n'a fait qu'accentuer mon hostilité.

Pour Léa, en revanche – je l'ai pressenti en cette occasion, et cela s'est affirmé avec les années –, les choses étaient infiniment plus compliquées. Juste avant les faits, il était encore son père au quotidien, elle éprouvait de l'affection pour lui, il lui en manifestait en retour, lui offrait parfois des cadeaux. Certes, ses accès de violence la perturbaient et la maintenaient dans une sorte de qui-vive, mais il savait si bien lui faire croire que ce n'était rien, simplement des disputes entre grandes personnes, comme il y en a dans tous les couples, et s'y entendait mieux que personne pour la reconquérir. Qu'il soit devenu, en une fraction de seconde, un monstre ayant commis l'irréparable bousculait tous ses repères. Elle lui en voulait, elle en était même malade, cependant il n'était pas si facile de jeter à la rivière tout ce qui les avait unis, ce qui les unissait encore. Et, au fond, c'est cette ambivalence qui allait provoquer son propre détraquement.

Lorsqu'il s'est installé devant nous, il a étendu les bras dans notre direction pour nous demander nos mains, qu'il tenait à empoigner, à toucher. Nous sommes restés tous les deux, les bras croisés, en retrait. Même si Léa a eu une seconde d'hésitation.

Nous avons passé peu de temps avec lui, l'avocat allait se pointer. Ce qui importait pour moi, c'était d'arracher son accord pour confier la garde de Léa à notre grand-père. Verdier avait vu juste : nous l'avons obtenue parce qu'il ne s'est pas senti autorisé à nous la refuser.

Avant, il a eu le temps de nous affirmer qu'il n'avait pas voulu « tout ça », que les choses avaient dérapé, lui avaient échappé, qu'il ne savait plus ce qu'il faisait, et qu'il s'agissait d'un « terrible accident ».

Un terrible accident, dix-sept coups de couteau.

Il nous a également confirmé que notre mère avait l'intention de le quitter et que ça l'avait rendu fou. En somme, c'était sa faute à elle.

Je me suis levé et j'ai entraîné Léa à ma suite.

35.

Deux jours plus tard, nous avons enfin pu voir notre mère. Elle nous attendait dans la chambre funéraire, étendue dans son cercueil.

Il avait d'abord fallu franchir une porte sur laquelle on avait punaisé une fiche cartonnée mentionnant son identité. J'ai pensé : c'est donc ainsi que la vie s'achève, avec son nom punaisé sur une porte, à l'arrière d'une boutique de pompes funèbres. J'ai présumé qu'un autre nom avait été punaisé la veille, qu'un nouveau nom le serait le lendemain.

La pièce était étroite, plongée dans une semi-obscurité. Sur les murs, des posters représentaient des paysages maritimes, sans doute en raison de leurs vertus apaisantes. Tout autour de la pièce, le long des cloisons, des chaises en plastique étaient alignées, afin que chacun puisse se recueillir, veiller le disparu ; on aurait dit une salle de bal d'autrefois, mais sans danseurs. Au centre, le cercueil ; on ne danserait pas.

Les embaumeurs avaient fait du beau travail : si le visage avait un teint cireux, notre mère arborait tout de même un air reposé (je n'avais pas eu le temps de m'en rendre compte à la morgue, la vision avait été trop brève et il s'agissait alors de la reconnaître, pas de la détailler). Cela m'a rasséréné. Car j'avais redouté de découvrir dans ses traits la panique, la souffrance qui avaient été les siennes dans les ultimes secondes. Le maquillage faisait-il des miracles ? Ou avait-elle trouvé dans la mort une forme de délivrance ?

Elle portait un chemisier dans des tons pâles, qui dissimulait les coups portés à sa poitrine, à son abdomen, à ses bras et même à son cou, de sorte que personne ne pouvait soupçonner ni le déferlement de violence ni les ravages de l'autopsie. J'ignore d'où provenait ce chemisier. J'ai envisagé de le demander, avant d'y renoncer.

J'ai remarqué que Léa s'attardait sur ce vêtement avec, de nouveau, ce regard vide qui m'a inquiété. J'avais préféré imaginer que cette cécité intermittente était volontaire, qu'elle manifestait un retrait du monde réel, pour s'en protéger et je commençais à redouter qu'il ne s'agisse d'autre chose, sans être fichu de déterminer quoi.

Nous nous sommes assis côte à côte. Dans le silence, j'ai cherché des souvenirs dans le seul but d'échapper à l'horreur de l'instant, aucun n'est venu. D'ailleurs, ce n'est pas tout à fait exact : des images surgissaient, s'effaçant aussitôt, comme vaporisées. L'image du cadavre l'emportait sur toutes les autres.

Des gens ont défilé dans la chambre, des parents, des amis, et même le maire (mais pas ma grand-mère paternelle à qui nous avions demandé de ne pas se présenter ; c'était peut-être injuste mais c'était ainsi). Tous nous ont salués. Ce qui m'a frappé, c'était moins leur sympathie ou leur tristesse affichée que leur impuissance.

Ils ne savaient pas (et, au fond, c'était compréhensible) comment se comporter avec nous. Pour les soulager, nous leur offrions des demi-sourires forcés.

Le silence était pesant, simplement dérangé par des étoffes froissées, des impressions murmurées, des chagrins étouffés. Parfois, c'était le crissement d'une chaise sur le carrelage.

Au bout d'un moment, un homme est venu nous demander s'il pouvait procéder à la fermeture du cercueil (il fallait probablement libérer les lieux et puis, ça allait cinq minutes, le recueillement). Si nous voulions dire au revoir à notre mère, c'était « maintenant ». Léa s'est levée en premier pour aller toucher le front de la morte. Surprise, elle s'est tournée vers moi : « C'est dur, on dirait de la pierre. » Je n'ai rien trouvé à lui répondre.

Nous nous sommes déportés sur le côté et juste avant que le couvercle ne soit posé et scellé, je n'ai pas pu m'empêcher de penser : c'est la dernière fois que nous la voyons, ça n'arrivera plus, bien sûr il nous reste les photos, et les souvenirs finiront bien par remonter à la surface mais ce ne sera pas pareil, il n'y aura plus sa présence, plus jamais. Je me suis dit que tout le monde devait penser la même chose à cet instant précis et ça ne m'a pas du tout consolé. La main de Léa était glacée dans la mienne.

Sur le couvercle, nous avons découvert une plaque mentionnant son nom, son prénom, l'année de sa naissance, celle de sa mort. Comme si on pouvait résumer les gens à ça, deux mots, deux nombres. Comme si ça pouvait contenir les rires, les espoirs, les étreintes, les danses, les désillusions et les peurs.

36.

Je ne me rappelle pas grand-chose de la cérémonie. Je n'ai presque rien retenu du sermon du prêtre. On m'a assuré qu'il était émouvant et sobre.

Je n'ai pas pris la parole et Léa non plus. Pourtant, on nous l'avait suggéré, ce serait l'occasion de rendre hommage à notre mère, de dire ce que nous avions sur le cœur et de commencer à laisser partir la disparue, mais nous avons jugé que c'était au-dessus de nos forces ; peut-être aussi voulions-nous la garder pour nous. Parler d'elle, c'était la perdre un peu plus.

C'est donc notre grand-père qui a prononcé l'éloge funèbre. Je revois sa raideur, sa dignité, ses efforts pour ne pas flancher, j'entends encore sa voix qui se brise malgré tout, sur une phrase anodine, avant qu'il ne se ressaisisse, j'entends encore son souffle court.

Pendant tout ce temps, j'avais les yeux rivés sur la photo installée sur le cercueil. Elle avait été prise sur la plage d'Arcachon, deux ans plus tôt. À cause du vent, ce jour-là, les cheveux de ma mère étaient emmêlés sur sa joue droite et elle souriait. On devinait dans le lointain, flous, des estivants étendus sur le sable et un cerf-volant tenu à bout de bras par un adolescent. Je me suis accroché à l'insouciance de cet instant. J'avais beau savoir désormais qu'elle était trompeuse, j'avais besoin d'y croire.

Léa, elle, contemplait les vitraux. S'attardait-elle sur les anges ou sur les reflets ? Ou sur rien du tout ?

À la fin de l'office, des rayons de soleil ont filtré pour se répandre sur le carrelage frais et quatre hommes ont surgi d'un recoin pour hisser le cercueil avec un mélange de vigueur et de délicatesse avant de l'emporter.

Quand nous nous sommes levés pour les suivre, j'ai réellement découvert l'assemblée (en entrant, j'étais sonné, je n'avais pas fait attention). C'était une armée de braves gens, pour la plupart inconnus, qui venaient témoigner leur compassion, d'ailleurs leurs visages finissaient par se confondre parce qu'ils affichaient cette même expression. Il me semble que leur nombre disait aussi leur stupeur : ce qui était arrivé ne leur ressemblait pas, ne ressemblait pas à leur ville, à notre ville et c'était exact, Blanquefort était paisible, ils se demandaient pourquoi pareille calamité s'y était abattue, il n'y avait pas de réponse, se poser la question était même vain.

Nous avons remonté l'allée derrière le cercueil tandis que retentissait dans l'église « Évidemment », la chanson de France Gall. Léa avait tenu à ce qu'on la diffuse, car « maman l'aimait beaucoup ».

Ça disait : « Y a comme un goût amer en nous/ Comme un goût de poussière dans tout/Et la colère qui nous suit partout[1] ». Ça disait aussi : « On rit encore/

1. « Évidemment », chanson écrite par Michel Berger, interprétée par France Gall. Album *Babacar*, Apache Records WEA, 1988.

Pour des bêtises/Comme des enfants/Mais pas comme avant ». Ces paroles, que j'avais oubliées, m'ont infligé une douleur inouïe.

La mise en terre, je ne m'en souviens pas bien non plus. Comme si un autre que moi se tenait au milieu des tombes, dans un tourbillon de feuilles, un jeune homme qui me ressemblait mais qui n'était pas moi, qui n'était qu'un corps, une enveloppe. Il paraît que ce genre de dissociation est courante, qu'elle est un moyen de se protéger. En revanche, je me souviens que le parfum des fleurs à profusion, des lys, m'a fait tourner la tête.

Maman a été enterrée juste à côté de sa propre mère. La place était celle que mon grand-père avait achetée pour lui-même vingt-cinq ans plus tôt quand il avait perdu son épouse, elle échoyait à sa fille, il la lui donnait, il réunissait dans le même caveau les deux femmes de sa vie. C'était tout à la fois effroyable et magnifique.

Puis la foule s'est dispersée dans le silence, dans la lenteur. Nous sommes restés tous les trois devant la tombe ouverte, devant le cercueil parsemé de poignées de terre. Et je n'ai ressenti aucun apaisement. Au contraire, dans les premiers frimas de l'automne, j'ai absolument pris conscience que la chute ne faisait que commencer.

37.

Pourtant, notre grand-père s'est immédiatement arrangé pour que la vie semble continuer comme avant.

Il avait préalablement pris soin d'interroger Léa sur ses aspirations : voulait-elle fuir loin des lieux du drame, commencer une nouvelle existence ailleurs, il leur suffirait de trouver un endroit à eux, ou préférait-elle rester là où elle était née, où elle avait grandi ? En retour, elle lui avait expliqué que quitter ses copines serait un trop grand déchirement, qu'elle ne s'en sentait pas capable, il lui fallait des gens sur qui compter, des repères auxquels se raccrocher. Il en avait conclu qu'il lui revenait de se mettre en quête d'un nouveau domicile à Blanquefort et c'est ce qu'il avait fait. En quelques jours à peine, il avait déniché un meublé pas trop cher et fonctionnel, à quelques encablures du lac, un T4 pour elle et lui, et pour moi quand je reviendrais le week-end. Quelque temps plus tard, il mettrait même en vente, sans nous le dire, sa maison de Bergerac, histoire de financer tout ça, de nous mettre à l'abri, dans tous les sens du terme. À un vieil ami, il confierait : « J'y tenais, à cette baraque, c'est certain mais tellement moins qu'à mes petits-enfants. Il y a des moments dans la vie où un homme sait ce qu'il doit faire. »

Néanmoins, un toit seul n'était pas suffisant. De surcroît, malgré ses immenses qualités, malgré sa générosité, son dévouement, notre grand-père n'était pas notre mère et ne la remplacerait pas ; moi non plus, je ne la remplacerais pas. Dans ces conditions, nous ne serions pas assez de deux pour entourer Léa et lui offrir un foyer, certes recomposé et singulier, mais peut-être sûr. Car c'est de cela qu'elle avait besoin, de sécurité. Et d'une affection sans limites. En tout cas, j'en étais convaincu. J'ai donc remis ma démission.

On a gentiment cherché à me décourager de quitter l'Opéra (papy, le premier) : j'avais tant travaillé pour en arriver là, j'avais réussi où tant d'autres avaient échoué, j'occupais une place enviée par beaucoup et j'étais jeune, si je continuais à me montrer appliqué je finirais par être nommé premier danseur. Je me suis remémoré les heures, les jours, les mois, les années passés à sculpter mon corps, à lui conférer de la souplesse, peut-être de la grâce, à répéter les mêmes gestes, les mêmes mouvements, les mêmes pas, à les rater, à me blesser, jusqu'au sang, à recommencer, à tomber et me relever, à danser au milieu des autres en espérant sortir du rang, et j'ai tout gommé comme avec une ardoise magique.

On m'a assuré que j'avais du talent. Je me suis rendu compte qu'à l'école, puis au sein du ballet, on ne me l'avait jamais dit. Et que j'aurais sans doute aimé qu'on me le dise. Heureusement, ma mère, elle, me le répétait. C'était sa façon de m'avouer qu'elle m'aimait.

Je renonçais à mes ambitions, je mettais une croix sur mes rêves d'enfant, je m'en voudrais toute ma vie. On a pointé cela aussi, et je l'ai probablement pensé moi-même. Oui, il y avait eu un garçonnet, jadis, traversé par une chimère, mû par un fol espoir, porté par un idéal, et qui avait réussi à surmonter les quolibets, les crachats, qui avait survécu au découragement, à la fatigue, précisément grâce à ce fichu espoir, il avait grandi, ce garçonnet, s'était rapproché de son soleil, et c'était fini, il refermait ses ailes, il rentrait au bercail. Pour ne pas être dévoré par le regret, il pourrait toujours se convaincre qu'il les aurait brûlées, ses ailes.

On a ajouté que j'aurais besoin de surmonter l'affreuse épreuve, de me reconstruire, et quoi de mieux qu'une troupe, un cadre, un métier, une passion ? J'étais d'accord avec cette analyse, pour autant je n'avais pas le choix. À quoi sert d'ergoter quand on n'a pas le choix ?

Je n'ai pas oublié mon studio vidé de toute trace de moi, la dernière vision d'un Velux ouvert sur le ciel de Paris, la porte qui se referme, les pauvres cartons entassés dans une camionnette de location. Cela m'a pris sept heures pour rentrer en Gironde. Ce n'est pas si long pour un adieu.

J'ai dégoté un boulot dans une école de danse à Bordeaux. Malgré mon jeune âge, on m'a confié la tâche de former les plus petits, ceux qui à six ou huit ans débarquent comme je l'avais fait moi-même, onze ans auparavant. Le premier jour, quand je les ai vus se pointer, les minots, j'avais les larmes aux yeux.

Je ne serais jamais Billy Elliot.

38.

Peu de temps après mon retour – nous étions désormais installés dans notre nouvel appartement, nous tentions de tenir le coup dans la dévastation –, un matin, en sortant, j'ai remarqué un ami de mes parents au pied de l'immeuble, sur le trottoir d'en face. Je ne le connaissais pas vraiment. On ne connaît pas vraiment les amis de ses parents, on ne s'y intéresse pas plus que ça. Je l'ai salué de loin et il m'a répondu d'un bref geste de la main. En marchant en direction du parc, je me suis rappelé qu'il avait assisté à la cérémonie et semblé ému. Accélérant ma foulée, je l'ai effacé de mon esprit : j'avais décidé de me remettre à courir, le jogging me ferait du bien, il me viderait la tête, il me fatiguerait le corps.

Sauf que le jour suivant, je me suis aperçu que cet ami – Patrick, d'un coup, son prénom m'est revenu – se tenait encore devant notre immeuble (il devait m'apprendre qu'il avait interrogé des gens, lesquels lui avaient donné notre nouvelle adresse, c'était un tout petit monde) et j'en ai déduit que sa présence n'était pas fortuite. Quand j'ai traversé la route, son visage a changé. J'ai vu, très nettement, son embarras et son besoin de s'en délester. Je ne m'étais pas trompé : il n'était pas là par hasard.

Pourtant, il a d'abord menti, prétendant qu'il habitait dans le voisinage, avant de finir par cracher le morceau : il avait quelque chose à me confesser, quelque chose qui lui « pesait ». C'était un an plus tôt, le soir, tard. Il passait devant notre maison, il ne sait plus très bien pourquoi, les fenêtres étaient allumées et là, il avait vu mes parents se disputer, mon père empoigner ma mère, lui serrer la gorge, avant de la relâcher. Il était resté médusé sur le trottoir, et même pétrifié. Devait-il sonner à leur porte ? Il était minuit passé. Était-il certain de ce qu'il venait de voir ? Les choses s'étaient déroulées si vite et il avait un peu bu. Et puis, ça ne pouvait pas être possible. Ces gens étaient ses amis, bien sûr Franck avait ses humeurs, ses emportements, mais de là à lever la main sur son épouse, non, c'était inimaginable, bien sûr elle avait mauvaise mine depuis quelque temps, néanmoins il y avait plein de raisons pour ne pas sourire, le temps pourri, les fins de mois, les enfants qui causent du souci, ce ne sont pas les motifs qui manquaient. Le lendemain, tout de même, il avait essayé d'en parler à notre père à qui il avait rendu visite à l'improviste. Comme le calme régnait dans la maison, il n'avait pas osé. Cependant, il n'avait pu s'empêcher de remarquer que notre mère portait un foulard autour du cou, ce qui ne lui arrivait jamais : dissimulait-elle les traces de l'étranglement ? En repartant, il lui avait envoyé un SMS, un message tout bête : « Je t'ai trouvée bizarre, tu es sûre que ça va ? » Il avait constaté qu'elle avait commencé à lui écrire, à cause des trois petits points sur son écran, avant de renoncer. Il n'avait finalement jamais reçu de réponse.

Il a dit : « Quand quelqu'un ne te répond pas quand tu lui demandes si ça va, c'est que ça ne va pas. » Toutefois, il n'avait pas insisté.

Dans les mois qui avaient suivi, il les avait moins vus et, quand ils s'étaient croisés, au supermarché, il n'avait rien remarqué de « spécial ». Il en avait conclu, sans trop y croire, qu'il s'était fourvoyé pour de bon. Ou que la situation s'était améliorée. « Oui, voilà », que cette dispute avait été exceptionnelle et que la malchance avait voulu qu'il en soit le témoin.

Désormais, il « regrettait ». Il regrettait de ne pas être intervenu, de ne pas avoir réclamé d'explications, de ne pas avoir été plus présent pour elle. Il regrettait d'avoir minimisé les sautes d'humeur de notre père. Il a dressé un constat amer : « J'étais son ami et pourtant, il m'a toujours un peu fait peur, je ne savais pas expliquer pourquoi. Maintenant, je sais. »

Quand je lui ai demandé s'il accepterait d'en parler au juge chargé de l'instruction, il m'a rétorqué : « Si tu veux, mais ça changera quoi ? »

Plus tard, ce jour-là, j'ai repensé à la passivité de ce Patrick, à ses accommodements avec sa conscience. C'étaient les miens, aussi.

39.

Que je vous dise : cette conversation a joué un rôle important. Car c'est juste après que j'ai véritablement entamé mon travail d'enquête. Et c'est ainsi que j'ai fini par comprendre que mon père n'était pas seulement un homme possessif et paranoïaque, pas seulement un être terrifié à l'idée d'être abandonné et qui compensait par de la rage, il était aussi, peut-être avant tout, ce qu'on nomme un pervers narcissique.

Ce n'était pas si difficile à concevoir mais, à l'origine, les labels ne m'intéressaient pas, seuls comptaient les faits et la punition qu'ils exigeaient. De surcroît, il s'agissait pour moi d'une expression à la mode, fréquemment utilisée dans les magazines ou à la télé, entendue à la volée dans des discussions dont je n'étais pas partie prenante. Je ne m'étais jamais employé à en déterminer le sens précis. En interrogeant des spécialistes, j'ai admis que mon père remplissait beaucoup des critères qui définissent cette pathologie. Mes souvenirs ont fait le reste.

Par exemple, il assurait que ma mère était tout pour lui et, à bien y réfléchir, c'était exact : son monde se résumait à elle dès lors qu'il avait épuisé ses amis, fait le vide autour de lui, et sa jalousie démontrait, jusqu'à l'absurde, à quel point il tenait à elle. Et malgré cela, il ne pouvait s'empêcher de la rabaisser. Il disait souvent : « Tu ne peux pas comprendre » ou : « Qu'est-ce que tu y connais ? » ou encore : « C'est des choses d'homme » et elle abdiquait aussitôt, sans qu'on sache si elle répugnait à le contredire ou considérait qu'il avait raison. Il pouvait alors pousser le curseur plus loin, jusqu'à l'humiliation. Ma sœur m'a ainsi rapporté des phrases terribles qu'il lui balançait au visage, du genre : « Tu n'étais qu'une orpheline quand je t'ai trouvée » ou « Vendre *Télé 7 Jours* à des mamies, c'est à la portée de la première demeurée ». Et quand les larmes venaient aux yeux de sa victime, il lui enjoignait de ne pas « se mettre dans tous ses états » avant d'assurer qu'il tenait « quand même » à elle et cette aumône lui redonnait un pauvre sourire.

Il savait aussi mieux que personne lui retourner le cerveau. Dès qu'elle exprimait une conviction, ne pouvant s'empêcher de la contredire, il commençait par insinuer le doute à coup de « Ah tiens ! » ou de « Tu es bien sûre ? », puis la remettait en question, à coups d'arguments le plus souvent bidons mais qu'il assénait avec aplomb, ou de théories fumeuses, mais qui semblaient élaborées ou que sa virilité imposait, si bien qu'elle finissait, déboussolée, par se ranger à son point de vue.

Ceci encore : s'il était dur avec elle, il était le plus souvent adorable avec sa fille. D'ailleurs ma mère ne jurait-elle pas à qui voulait l'entendre qu'il était « un bon père » ? (elle occultait volontiers le dédain dont il me gratifiait ; il s'agissait de sauver les meubles, j'imagine). Et charmant avec les autres, ceux du monde extérieur, ceux du dehors. Car il savait se montrer drôle, original, prévenant. Il avait des talents de comédien. Il était doué aussi pour dire aux gens ce qu'ils avaient envie d'entendre quand il entreprenait de redorer son blason. Elle seule connaissait sa duplicité et parce qu'elle était précisément la seule à savoir, il lui était impossible de la prouver. C'eût été sa parole contre la sienne. Et c'est toujours lui qu'on croyait.

Tout cela, mis bout à bout, a contribué, au moins autant que les crises de jalousie, à faire sombrer ma mère. Tout cela l'a conduite à actionner la menace de son départ, celle-là même qui allait déclencher l'assaut fatal.

40.

Les insomnies de Léa ont commencé.

Pourtant, sans nous être concertés, nous avions élaboré ce que nous prenions pour une stratégie efficace : ne jamais parler du drame entre nous, ne pas ressasser les événements, ne même pas évoquer le procès qui s'ouvrirait un jour. Nous nous en tenions aux choses ordinaires. Les sujets de conversation, c'était la météo, les courses à faire, les dîners à préparer, les films qui sortaient au cinéma, ce qui se passait à Dupa. À la télé, on ne regardait que les séries, ou les jeux, jamais les informations. Cette politique de l'autruche allait se révéler désastreuse. Pour l'heure, nous nous en remettions résolument à l'évitement, à l'esquive.

Sauf que les troubles du sommeil sont apparus.

Léa se réveillait la nuit en criant et j'accourais dans sa chambre. Au début, elle m'assurait que ce n'était rien, un mauvais rêve, ça n'était pas la première fois, elle en faisait depuis toute petite, et quand je lui suggérais de me raconter, elle affirmait ne pas se souvenir, ça s'était volatilisé, comme souvent les rêves. Je devinais qu'elle mentait, soit pour ne pas m'inquiéter soit pour ne pas avoir à fournir de détails. Quelquefois, j'insistais et elle se fermait davantage encore.

J'en suis venu à interroger un psy, un homme d'une cinquantaine d'années, à l'allure étrangement démodée, presque un personnage de Modiano, qui avait son cabinet à Blanquefort, un cabinet dont l'enseigne me faisait penser à celle d'un détective privé ou d'une voyante, et évidemment cela attestait de mes *a priori* ou de mon ignorance. Il m'a dit : « Il faudrait que je rencontre votre sœur, pour être certain, mais d'après ce que vous me rapportez, il y a de fortes chances qu'elle revoie la scène du meurtre. C'est ce qu'on appelle la mémoire traumatique. Elle se manifeste généralement après des violences sexuelles, un inceste. Également quand une personne a affronté un événement brutal, extrême, encore plus quand il concerne un proche, et cette mémoire est prête à exploser, un peu comme une cocotte-minute, et votre sœur revit à l'identique la sidération, la terreur, l'incompréhension, l'impuissance. »

Quand je lui ai demandé ce que je devais faire, il s'est reculé dans son fauteuil et m'a répondu : « Il serait utile qu'elle soit suivie par un professionnel. Si quelqu'un ne prend pas en charge sa détresse, la situation risque d'empirer, vous savez. » Son propos m'a aussitôt plongé dans des abîmes de perplexité et d'anxiété.

J'ai donc émis l'idée devant elle, une nuit où elle avait hurlé plus que d'habitude, elle a haussé les épaules, pour qui est-ce que je la prenais ? Cependant, cette fois-là, elle m'a prié de laisser une loupiote allumée quand j'ai quitté sa chambre. D'évidence, elle avait peur de ses fantômes.

Et puis sont apparus d'autres signes inquiétants. Quelquefois, alors que nous étions en train de discuter, à table, ou au cours de nos balades au parc, elle se taisait, elle pouvait même s'arrêter au milieu d'une phrase, comme si on avait abaissé un interrupteur, coupé le courant. Et on avait l'impression qu'elle n'était plus du tout avec nous, elle ressemblait à une poupée posée sur une chaise, ou à un automate dont le mécanisme se serait enrayé. Dans ces cas-là, m'a expliqué le psy, elle faisait probablement le noir en elle, pour annuler temporairement la réalité.

Parce que la réalité, c'était une mère au fond d'un trou dans un cimetière et un père dans une cellule. La réalité, c'était que la personne à laquelle elle était le plus attachée avait été tuée, massacrée par la personne qui était supposé incarner la protection. Et on avait beau s'efforcer de fabriquer de la normalité, tous les jours, on n'arriverait jamais à faire disparaître cette réalité-là.

Sinon, quelques courts instants, quand, à sa façon, on se réfugiait dans le mutisme, dans la cécité.

Un jour, Léa a fini par avouer, tandis qu'elle ne réussissait pas à avaler son petit déjeuner : « J'ai l'impression d'avoir une boule au ventre permanente. »

J'ai été curieusement soulagé de l'entendre poser des mots sur sa douleur, essayer au moins. Et admis qu'il nous faudrait en passer par là.

41.

Les choses pour elle ont continué à se dérégler, à se dégrader.

Au collège, elle s'est mise à collectionner les mauvaises notes, au point que mon grand-père et moi avons été convoqués par le principal, un homme plutôt raide, mais délicat. Il n'était pas question d'adresser des remontrances à ma sœur, chacun comprenait bien les raisons de ses résultats médiocres, plutôt de nous alerter. Elle avait beaucoup de mal à se concentrer, nous a-t-on expliqué. Quand ses profs l'interrogeaient, ils se rendaient compte qu'elle ne les avait pas écoutés. Quand ils dictaient, elle ne prenait pas de notes. Régulièrement, elle oubliait d'apporter ses livres. Elle rendait ses devoirs en retard, reconnaissant, là encore, « avoir oublié ».

Nous avons confessé notre étonnement. Car nous avions beau la chaperonner ou la surveiller lorsqu'elle travaillait à la maison, il faut reconnaître que ses retards, ses carences avaient échappé à notre vigilance. Avec le recul, j'ai conscience de ce que nous avons loupé, raté.

Nous disposions peut-être de circonstances atténuantes : notre propre chagrin, notre impréparation, nos lacunes. Est-ce que ça nous exonère ? Non, évidemment.

Il y avait pire : elle semblait développer une « phobie sociale ». (Je répète les termes qui ont été employés ; pour tout il existait des formules, des étiquettes, un jargon.) Certes, on la voyait toujours en compagnie de ses deux copines (ce qui faisait illusion, pour nous), mais elle demandait à déjeuner loin des autres à la cantine, ou s'asseyait dans un coin de la cour de récréation, chassant ceux qui l'approchaient ou attendait, au gymnase, que ses camarades aient fini de se mettre en tenue pour se préparer à son tour. Nous avons même découvert, effarés, qu'elle avait refusé de participer à un voyage scolaire dont elle ne nous avait jamais parlé. Quand nous l'avons questionnée, elle a simplement dit qu'elle ne voulait pas « se retrouver dans un bus ». Elle se retranchait, devenait sauvage. Il arrivait même qu'elle sursaute quand on la touchait.

Et puis, elle a commencé à dessiner dans un carnet. Je l'avais remarqué par hasard un soir où je passais devant sa chambre. Elle avait refermé le cahier à la hâte, ce qui n'avait pas manqué de m'intriguer. Les jours suivants, rompant avec la règle qui exige de respecter l'intimité d'autrui, et en particulier celle de sa petite sœur, je m'étais mis en quête dudit cahier. Je l'avais finalement débusqué, soigneusement dissimulé sous une pile de vêtements. Il était rempli de grands traits noirs, de ratures comme en font les enfants qui ne savent pas tenir un crayon et, à y regarder de plus près, je m'étais aperçu que ces ratures en apparence anarchiques formaient des bouches monstrueuses.

Devant cette situation, nous avons pris notre courage à deux mains et l'avons, cette fois, *obligée* à rencontrer un *spécialiste*. Je nous revois, papy et moi, debout devant elle, assise au salon, lui expliquant que, non, elle n'était pas malade mais qu'elle devait consulter, qu'en fait, elle était « en souffrance » et qu'il y avait des gens formés pour l'écouter, alors que, nous, nous ne l'étions pas. À notre grande surprise, elle n'a pas rechigné. Nous en avons été aussitôt rassurés. Mais d'une certaine manière, elle avait déjà capitulé. Elle n'a accepté que pour nous faire plaisir, pour ne pas perdre d'énergie à s'opposer ; plus grand-chose n'avait d'importance. Un psy ou quoi que ce soit, au fond, elle s'en fichait.

Le thérapeute a établi un diagnostic que nous connaissions déjà : Léa souffrait d'un stress post-traumatique. Il a proposé de la recevoir régulièrement en soulignant cependant qu'elle ne « se montrait pas très coopérative ». Il lui a prescrit des antidépresseurs.

Du Prozac, comme à notre mère.

J'ai pensé : quelles fillettes de treize ans prennent du Prozac ? (car oui, Léa était encore une fillette, merde). Eh bien, celles dont l'enfance a été anéantie en une poignée de secondes. Celles qui grandissent avec l'odeur du sang et le souvenir des coups. Celles qui ne peuvent plus prononcer le mot « maman » sans être secouées de larmes, ni le mot « papa » sans être parcourues de spasmes.

42.

Une nuit, c'était neuf mois après les événements, Léa a fugué.

Je me suis levé le matin et elle n'était plus dans sa chambre, son lit n'était pas défait, il manquait quelques vêtements dans son armoire, j'ai compris tout de suite (il est des hypothèses jamais envisagées ou nommées qui prennent corps en un éclair, vous voyez ce que je veux dire).

J'ai composé dix fois, vingt fois le numéro de son portable, mais il basculait immédiatement sur sa messagerie, envoyé des textos affolés, toutefois exempts du moindre reproche, et ils sont demeurés sans réponse. J'ai téléphoné à ses copines qui m'ont juré ne pas savoir où elle se trouvait, et je les ai crues. Leur ignorance a aggravé mon inquiétude : même à celles à qui elle confiait tout, elle n'avait rien annoncé, rien laissé entendre. J'ai alerté la gendarmerie et c'est Pierre Verdier qui s'est chargé de l'affaire. Il n'a pas paru très surpris, à croire qu'il était logique de ficher le camp, de disparaître après un drame pareil. Peut-être y avait-il du vrai, sa froideur m'a tout de même heurté. Il s'est néanmoins montré réactif, comme s'il avait des choses à se faire pardonner, et sans doute était-ce le cas.

L'attente a alors commencé.

C'est effrayant d'attendre. On est là, les bras ballants, et on ne peut rien faire. On tourne en rond dans un appartement et on finit par se rasseoir. On allume une télé sans qu'aucune image n'accroche, aucun son, tout est une bouillie, on finit par éteindre. On sort sur le balcon pour prendre une bouffée d'air et ça nous brûle. On va marcher au parc, histoire de se dégourdir les jambes et on revient aussitôt, rongé par une étrange culpabilité. Et, sur le chemin, on a l'impression que tout le monde nous dévisage, comme si ça se voyait sur nous, le désarroi et l'amputation. On consulte son téléphone toutes les minutes, pourtant il est impossible qu'on ait manqué un appel. On comprend que l'impuissance est une prison.

Et, dans cette attente, on est assailli, à intervalles presque réguliers, par une angoisse très pure, on se sent heurté par des vagues de plus en plus hautes. Parce que l'imagination galope. Comment se déplace la fugueuse ? Puisqu'elle ne peut pas conduire et qu'elle n'a presque pas d'argent. À pied ? Et si elle était fauchée par une voiture ? Si elle empruntait des chemins dangereux ? En stop ? Et si elle faisait une mauvaise rencontre ? En bus ? Pour aller où ? En train, en fraudant ? Et comment va-t-elle s'alimenter ? se désaltérer ? Il arrive toujours un moment où l'organisme réclame. Les questions fusent et s'entrechoquent telles des boules de flipper. La plus lancinante, c'est : que cherche Léa dans cette fugue ? À aller voir ailleurs si elle y est ? À nous dire quelque chose ? À rompre avec son mal-être, plus sûrement, à échapper à son accablement, à sa torpeur ? À en finir ?

À en finir.

Quand on en vient à cette interrogation, la folie guette.

Au bout de trente-six heures, mon téléphone a sonné ; c'était elle.

Elle a juste dit : « Je suis au Pyla. Tu peux venir me chercher ? » J'ai sauté dans la voiture de notre grand-père, filé en direction du bassin d'Arcachon. Sur la route, je n'ai même pas pensé à prévenir les gendarmes. Ce qui importait, c'est qu'elle était saine et sauve et qu'elle nous était redonnée.

Arrivé sur place, j'ai suivi ses indications et l'ai repérée facilement : elle était assise sur un banc, le long de la plage quasi déserte en cette journée de bruine. Je me suis installé à côté d'elle, sans prononcer un mot, et pourtant je souhaitais la bombarder de questions. Les yeux rivés sur l'horizon, elle a commencé par expliquer : « J'avais envie de voir la mer. C'est joli, la mer, quand y a personne. » J'ai persisté dans le silence. Elle s'est alors souvenue : « On était venus ici avec maman, tu te rappelles ? On était montés sur la dune. » Je me suis facilement remémoré nos pas dans le sable cuisant, nos efforts, nos souffles courts, notre gaieté, et nos bras levés une fois parvenus au sommet (notre père était absent). Léa m'avait devancé dans cet exercice de mémoire : « Quand on était redescendus, on avait mangé des gaufres. » J'ai souri à cette évocation.

Elle a alors ajouté : « Je crois que je ne pourrais plus en manger, des gaufres. »

Finalement, on a quitté notre banc. En regagnant le parking où j'avais garé la voiture, elle a jeté un œil en direction des villas, abritées sous les pins, et dit : « Ils doivent être heureux les gens par ici. » Nous, on est rentrés à Blanquefort.

43.

Peu de temps après, j'ai pu retourner dans notre maison. Les gendarmes avaient enfin accepté de lever les scellés, cela leur avait pris quasiment un an.

J'ai demandé à Léa si elle voulait m'accompagner et me suis trouvé soulagé qu'elle refuse.

J'ai glissé la clé dans la serrure et – c'est idiot – j'ai presque été déconcerté qu'elle fonctionne. J'ai poussé la porte d'entrée avec une infinie précaution. On aurait pu croire que je commettais une profanation. Ou alors j'avais peur que tout ne s'écroule. Car j'imaginais que la pourriture avait proliféré.

Dans le vestibule, j'ai choisi de bifurquer vers le salon. Pour ne pas suffoquer immédiatement. Le désordre de la pièce m'a frappé. J'ai constaté que les enquêteurs, à l'époque, avaient procédé sans ménagement à une perquisition, comme si ça avait pu leur servir à quelque chose, comme s'ils ne savaient pas déjà tout. Dans la salle à manger, les tiroirs du buffet étaient ouverts, des factures étaient éparpillées. Et personne, depuis lors, n'était revenu, non pour nettoyer mais au moins ranger. Indisposé par une odeur de moisi, j'ai ouvert grand les fenêtres ; un géranium avait miraculeusement refleuri dans un des bacs à plantes. Je suis monté à l'étage pour découvrir des matelas retournés, des armoires vidées. Par terre, dans la chambre de Léa, j'ai repéré des vêtements lui appartenant, jetés au hasard, une petite robe d'été, un tee-shirt avec la tête de Minnie, un jean rapiécé. Dans la mienne, c'étaient des livres. J'ai aperçu l'autobiographie de Noureev et un exemplaire en poche des *Hauts de Hurlevent*. Quelque chose de nous était là, qui jonchait le sol.

Je suis redescendu lentement pour me diriger vers la cuisine. En entrant, même si je m'étais préparé, je n'ai pu m'empêcher d'avoir un mouvement de recul. J'ai même plaqué le dos contre la cloison pour ne pas tomber, pour supporter le spectacle qui s'offrait à moi : du sang partout, sur le carrelage, sur les murs, sur la nappe en toile cirée, du sang devenu noir avec le temps. Les gendarmes avaient laissé la scène de crime en l'état. Et omis de me le signaler en me remettant les clés.

Ainsi, tout s'était arrêté en même temps que le cœur de notre mère, tout s'était figé quand son corps avait été emporté, tout était fossilisé.

Alors, malgré moi, j'ai été rattrapé par le passé.

J'ai songé qu'il y avait eu des petits déjeuners joyeux dans cette cuisine. J'ai revu ma mère disposant les bols sur la table, chacun à leur place, les remplissant de chocolat chaud, faisant griller du pain, déposant des pots de confiture et nous accueillant avec un sourire encore ensommeillé. (Si je suis parfaitement honnête, je dois reconnaître que mon père avait, quelquefois, contribué à cette joie : il savait, à l'occasion, se montrer joueur, il lançait des courses autour de la table qui dérivaient vers le salon, grimpaient l'escalier, redescendaient vers l'entrée où il s'emparait du corps frêle de ma sœur, aussi léger qu'un baluchon, la faisait voltiger dans les airs pour la rattraper et la serrer contre lui, et elle riait, riait de bon cœur, moi-même j'avais le sourire aux lèvres ; ce récit me donnerait presque la nausée.)

Il y avait eu aussi des dîners interminables et bruyants avec des amis de passage, d'autres muets, bercés par le son de la télévision, cernés d'une nuit tombée trop vite. Ça avait existé, je n'avais pas rêvé.

Dans le frigo, les aliments avaient pourri, noirci, c'était une infection.

J'ai aussitôt voulu effacer les traces du drame. Dans des sacs-poubelles, je me suis débarrassé des denrées périmées, des articles usagés, des vieux journaux, de la vaisselle fracassée dans la dispute, des débris en tous genres. J'ai jeté, jeté, en m'efforçant – et c'était le plus difficile – de ne plus rattacher les objets à des souvenirs. Puis j'ai débusqué un seau, une serpillière, un balai, des éponges, des produits ménagers, de la javel, et je me suis mis à lessiver, récurer, astiquer, frotter, briquer. Dans chaque pièce, j'ai tout mis en ordre méthodiquement, avec une application que je ne me connaissais pas. Il fallait faire comme si aucune tragédie ne s'était déroulée dans ces lieux, il fallait que Léa puisse y revenir, ne serait-ce que pour récupérer des affaires, sans que le passé lui saute à la gorge.

Bientôt, on organiserait une vente au déballage, un vide-greniers pour ceux que ça intéresserait et on balancerait le reste dans une déchetterie, pour faire place nette, avant de dire à une agence immobilière : voilà, la maison est à vous, vendez-la à qui veut l'acheter, on ne sera pas regardants sur le prix, on veut juste la bazarder, et tant pis si c'est toute notre jeunesse qu'on bazarde avec elle.

44.

Après vingt et un mois de dérive sur une mer calme en apparence mais remuée de boue dans ses profondeurs et si vaste qu'aucun port ne se trouvait en vue, la cour d'assises de la Gironde s'est réunie et le procès s'est enfin ouvert.

Nous avons été convoqués, nous étions partie civile. Léa était, de surcroît, appelée à témoigner puisqu'il était établi qu'elle avait assisté indirectement au meurtre. Notre avocate l'avait d'ailleurs aidée à préparer son audition.

Nous avons dû traverser une foule de badauds pour accéder au tribunal, gravir les marches sous une nuée de photographes et de journalistes qui tendaient leurs micros. Une question idiote revenait sans cesse : « Comment vous sentez-vous ? » Comment ils croyaient que nous nous sentions ? Nous étions ravagés comme au premier jour, ravagés. Nous étions impatients aussi. Nous espérions panser nos blessures. J'avais dit à ma sœur : baisse la tête, ne réponds à personne, ignore-les.

Dans la salle des pas perdus, un type en uniforme nous a indiqué le chemin et nous l'avons suivi sans discuter. Arrivés devant la salle d'audience, nous avons été séparés, Léa n'étant pas autorisée à assister aux débats tant qu'elle n'avait pas témoigné. Elle a rejoint une petite pièce sur le côté en compagnie de mon grand-père, tandis qu'on m'a fait entrer et désigné ma place. Des spectateurs étaient déjà installés. Ils n'auraient voulu rater ça pour rien au monde. Leurs conversations chuchotées et leurs regards obliques fabriquaient une drôle d'ambiance. J'étais un animal de cirque.

Le box des accusés était encore vide. Au bout d'un quart d'heure, mon père y a fait son apparition, encadré par deux gendarmes. Il a salué son avocat en contrebas avant de contempler l'assistance. Puis m'a cherché du regard. À la seconde où il m'a repéré, il m'a adressé un pauvre sourire auquel je n'ai pas répondu.

C'était la première fois que je le revoyais depuis la confrontation au poste de gendarmerie, le lendemain de son crime. Car nous avions délibérément refusé toutes ses demandes de visites au parloir, toutes ses supplications et ses colères, nous avions aussi surmonté nos brèves hésitations – il y en avait eu, soyons francs –, convaincus que ce cordon sanitaire était indispensable si nous entendions nous en sortir, un jour. Je l'ai trouvé vieilli, amaigri, livide et cela ne m'a pas fait de peine, je n'ai éprouvé aucune compassion.

Cependant, je ne peux nier que cette vision m'a bousculé, ébranlé, évidemment. Cet homme était encore mon père, il le serait jusqu'au bout, j'étais de son sang, il y avait eu toutes ces années partagées, il y avait eu des sentiments et, même si j'étais convaincu qu'ils avaient disparu dans un grand feu, demeuraient des cendres mal éteintes.

J'ai songé que, pour Léa, ces retrouvailles, même à distance, seraient plus troublantes encore, et plus douloureuses. Je l'ai signalé, je crois : elle se tenait dans une forme d'ambivalence à son égard, qui expliquait, du reste, pour une large part, son désarroi profond. Elle l'accablait pour son geste, mais ne parvenait pas à le détester. Elle avait admis de le bannir de nos existences, ce qui ne l'empêchait pas de murmurer de temps à autre : « On n'irait pas le voir en prison, au moins une fois ? » (D'ailleurs, en le lui interdisant brutalement, n'avais-je pas aggravé son déséquilibre, croyant la préserver ? Et n'avais-je pas mis en sourdine la seule dissonance entre nous au risque de la voir nous péter au visage, un jour prochain ?) Elle découvrirait un homme voûté et se souviendrait qu'en dépit de tous ses travers, il avait été jadis flamboyant.

Lorsque la présidente a fait son entrée, tout le monde s'est levé.

L'audience s'est ouverte sur un incident : deux femmes ont bondi, déchiré leurs chemisiers et, seins nus, hurlé des slogans dénonçant les féminicides, l'inertie de la police, la lenteur de la justice. (Un détail, en passant : le mot « féminicide » est souligné en rouge dans le traitement de texte que j'utilise, comme le sont les mots qui n'appartiennent pas au dictionnaire. En fait, ce n'est pas un détail.) Elles ont rapidement été évacuées. Néanmoins, je n'ai pas oublié le clin d'œil de l'une d'entre elles, emmenée sans ménagement par un gendarme.

J'ai redouté que la présidente prenne ombrage de ce débordement, du reste elle n'a pas manqué de souligner qu'elle ne tolérerait aucun désordre, et aussitôt, j'ai pensé : au moins, les termes du débat sont posés. Nous ne devions pas juger seulement un fait divers, mais un fait social. Nous ne devions pas parler d'une dispute conjugale qui aurait mal tourné, mais bien de l'aboutissement d'un continuum de violence et de terreur. Nous ne devions pas parler d'un meurtre, mais de la volonté d'un homme d'affirmer son pouvoir, d'asseoir sa domination. Et de l'aveuglement de la société. Et de la peur de nommer.

45.

Parfois, je préférerais que ce procès, que nous avions pourtant tant attendu, n'ait pas eu lieu. Parce que ce que j'y ai entendu alors s'est inscrit dans ma mémoire comme on marque le bétail au fer, et me réveille encore, certaines nuits.

Comme on pouvait le redouter, l'avocat de notre père, toute honte bue, a plaidé « le coup de folie ». S'il parvenait à démontrer qu'il y avait eu abolition de son discernement, alors il pourrait obtenir une sentence favorable. À défaut, il se contenterait d'une altération du discernement, qui atténuerait la peine. On avait déjà vu des types qu'on avait fait passer pour des dingues s'en tirer à bon compte. Ce n'était pas un mauvais calcul. C'était juste à vomir.

Il a d'abord clamé que notre père n'était « en rien » un homme violent, que « personne ne l'avait jamais vu lever la main » sur son épouse. Il faut reconnaître que son client menait son travail de sape à l'abri des regards, qu'il était suffisamment malin pour le limiter à l'intimité de son foyer. Cela pouvait faire illusion, cela avait fait illusion. Mon père poussait même la fourberie jusqu'à se poser en victime devant ses collègues, ou ses proches : sa femme lui faisait vivre l'enfer, elle voyait des hommes en cachette et, même au magasin, elle en aguichait certains. Il les avait littéralement embobinés. À la barre se succéderaient des « témoins » assurant qu'ils n'avaient « rien vu ». Et s'ils n'avaient rien vu, n'était-ce pas justement parce qu'il n'y avait rien à voir ?

L'avocat, prenant les devants, a ensuite indiqué que le seul témoignage qui serait apporté, celui de sa fille, était « indirect ». Selon lui, elle n'avait pas véritablement « assisté » aux scènes qu'elle décrirait. Elle les avait « vaguement » perçues, et « de loin ». D'ailleurs, nous n'avions qu'à faire le test nous-mêmes : depuis une chambre, à la porte mi-close, au premier étage d'une vaste maison, est-ce qu'on saisissait « réellement » ce qui se disait au salon, au rez-de-chaussée ? « Non, "il fallait" être sérieux. »

L'avocat ajouterait qu'en tout état de cause, un tel témoignage était « sujet à caution ». Car, il ne fallait pas l'oublier, Léa était encore une enfant, au moment des faits, une enfant impressionnable. Et une enfant qui, aimant plus que tout sa mère, était donc prête à dire n'importe quoi pour la défendre, « et c'était bien normal ». Et à treize ans, est-ce qu'on n'a pas une « imagination débordante » ?

Au passage, il écarterait, d'un revers de main, la déclaration de l'ami du couple, celui qui avait surpris une tentative de strangulation : « Un type éméché ? La nuit ? À dix mètres de distance ? Franchement ? »

Il a ensuite plaidé que la perspective d'une rupture avait déclenché chez notre père « une décharge pulsionnelle ». Et comment ne pas le comprendre ? Sa femme était « tout pour lui ». La perdre était une « perspective insupportable ». Quel homme accepterait sans réagir d'être séparé de « la femme de sa vie » ? Il a alors convoqué les souvenirs d'un coup de foudre en pleine jeunesse, d'un mariage heureux couronné par la naissance de deux enfants, d'un compagnonnage de plus de vingt années. Tout n'était pas faux dans sa démonstration. Sauf qu'il s'en tenait aux apparences. Et ignorait volontairement le malheur assourdi, étouffé d'une femme prisonnière de la paranoïa de son époux.

C'est cette tension psychique intense qui lui avait fait perdre le contrôle de lui-même et avait provoqué chez lui une sorte de dissociation, « il ne fallait pas s'y tromper ». Pour l'avocat, il ne faisait aucun doute que notre père n'avait pas eu la pleine conscience de son acte tant il avait été pris par l'émotion, envahi par le stress. Il en voulait pour preuve qu'il ne se souvenait de rien. Ce black-out n'était-il pas la preuve de son irresponsabilité ?

S'agissant du nombre de coups de couteau portés, le défenseur disposait également d'une explication toute prête : « Une fois que le premier geste est commis, les autres s'enchaînent, voilà, c'est connu, c'est courant, les experts l'expliquent fort bien. »

Sa cavale lamentable était même portée à son crédit : elle disait mieux que de grands discours la confusion, l'égarement, l'aveuglement.

Il a conclu en présentant les « regrets immenses » du meurtrier. « Bien sûr qu'il regrette, et qu'il est mortifié, et qu'il s'en veut : qui pourrait imaginer le contraire ? »

Au fond, son chagrin et ses remords constituaient sa vraie condamnation. Pourquoi devrions-nous en ajouter une autre ? Que venait faire la justice des hommes dans ce combat intime ?

46.

Nous nous doutions qu'il existait différentes façons de raconter la même histoire. Nous concédions facilement que le parcours de nos parents avait été parsemé de beaux moments, dans les commencements, avant que les choses ne s'étiolent et pourrissent. Cependant, cette présentation nous a emplis de colère. Moi, au moins. Je ne perdais pas de vue qu'il n'y avait qu'une seule victime dans cette histoire. Et un bourreau.

Heureusement, notre avocate et le procureur ont pris la parole. Point par point, méthodique, maître Virginie Cadiot a contré son confrère.

Évoquant des années de reproches larvés, d'accusations sans fondement, d'insultes, certes suivies d'excuses, mais qui restaient des insultes, d'une violence qui ne laissait pas toujours de traces sur le corps mais blessait sans doute beaucoup plus profondément, de harcèlement méthodique. Des années d'une humiliation sourde, d'une emprise à peine perceptible, mais bien réelle. Et où l'amour originel n'excusait rien. Où l'élan des débuts n'exonérait d'aucune faute.

Présentant l'annonce de la rupture comme la démonstration que notre mère avait enfin décidé, après une première tentative, d'échapper à ce joug, de « se sauver », dans tous les sens du terme, car elle avait probablement pressenti que « ses jours étaient en danger ».

Sans trembler, elle a dressé de notre père le portrait d'un être narcissique, dominateur et terrifié à l'idée d'être abandonné : « Au fond, il n'aime que lui, et ne conçoit pas qu'on ne l'aime pas en retour. Il a une certaine idée de la virilité, que des millénaires lui ont enseignée, que son histoire personnelle et familiale a forgée. Pourtant, il a peur comme un enfant. Peur d'être oublié dans une fête foraine. »

La perspective d'une séparation lui est donc apparue comme une dépossession intolérable. « Ne vous méprenez pas, mesdames et messieurs les jurés, ceci est un crime de propriétaire. Cet homme estimait que sa femme lui appartenait, qu'elle était son bien, il la considérait comme sa chose. La mise à mort était pour lui la certitude de l'empêcher de reprendre sa liberté. »

Elle a insisté sur « l'extrême violence » de la scène. « Le meurtrier s'est acharné sur sa victime. Acharné, vous m'entendez ? » Elle a demandé que chacun imagine les coups répétés, les cris, la peau lacérée, les tissus déchirés, les organes vitaux atteints, la mare de sang : « Cette mort n'est pas une métaphore. Elle est très concrète, très brutale, très sanglante. Il y a eu de la férocité, de la bestialité, la volonté indiscutable de tuer, de massacrer. » Les jurés l'écoutaient, médusés, épouvantés.

Et, pour que nul ne discute son propos, elle montrerait à la cour une photo du cadavre de ma mère. Elle m'en préviendrait la veille, me suggérant de fermer les yeux – Léa, qui n'avait pas encore témoigné, n'était pas présente dans la salle –, ce n'était pas un spectacle pour un fils, et j'étais décidé à lui obéir. Néanmoins, quand l'image est apparue sur un tableau blanc installé pour la circonstance, l'effroi dans l'assistance a été si palpable que je n'ai pas pu m'empêcher de regarder à mon tour. L'avocate avait raison : je n'aurais pas dû, même subrepticement. C'est une image inconcevable, insoutenable et indélébile. Elle me poursuivra jusqu'à mon dernier souffle.

La plaideuse a ensuite réfuté avec véhémence la thèse « farfelue, grotesque », de l'abdication du discernement. D'ailleurs, « aucun tribunal ne la retient jamais ». Il ne s'agissait ni plus ni moins que de l'argument ultime et misérable des lâches. « Cet homme savait ce qu'il faisait, il le savait parfaitement. » La preuve en était qu'il n'avait pas attendu la police dans un état d'hébétude, non, il avait aussitôt pris la fuite, comme fuient les pleutres, et s'était caché, comme se cachent ceux qui sont conscients de leurs agissements, et ne s'était pas rendu, car c'était pour lui le seul moyen d'espérer échapper à ses responsabilités.

Pour finir, elle est revenue une dernière fois sur « notre mère », une femme qui avait poussé la porte d'une gendarmerie, qui en était arrivée à devoir le faire, qui avait eu ce courage et qu'on n'avait pas écoutée, « à l'instar de centaines d'autres victimes avant elle, toutes mortes aujourd'hui, ou cabossées pour toujours ». Voulait-on que ça se reproduise, que ça continue ? Notre mère, pourtant unique, était, soudain, toutes les femmes.

Le procureur, de son côté, a réclamé la réclusion criminelle à perpétuité.

47.

Maintenant, je veux parler du moment qui aura été le plus poignant dans ce procès ; le témoignage de Léa.

Elle s'est avancée à la barre timidement. Elle portait une petite robe printanière et des Dr. Martens aux pieds qui la vieillissaient un peu ou ajoutaient de l'étrangeté à son allure. On a senti aussitôt combien l'assistance retenait son souffle. C'était dans l'air, une électricité, une attention. Les jurés, dans leur totalité, semblaient l'accompagner dans l'effort qu'elle accomplissait, et même notre père n'a pu réprimer un rictus où j'ai voulu lire de la compassion.

La présidente s'est adressée à elle sans pathos, avec une neutralité qui a fait retomber légèrement la tension (elle a eu raison, il ne fallait pas que tout cela tourne à la commisération). Léa a dû décliner son identité, préciser son âge, ce qui revenait à verbaliser son adolescence, mais n'a pas eu à prêter serment du fait de son appartenance à la famille de l'accusé. Il lui a été demandé si elle souhaitait faire une déclaration spontanée et elle a répondu non de la tête. La présidente l'a alors invitée à s'exprimer à voix haute et intelligible. Elle a réitéré son « non ». Ce refus était convenu avec notre avocate, laquelle préférait que ma sœur dépose, guidée par ses propres questions.

Alors Léa a parlé.

Ce qu'elle a dit, je le connaissais par cœur, j'ai cependant été décontenancé, car son témoignage m'a brusquement ramené au coup de téléphone par lequel elle m'avait appris la nouvelle, et surpris, puisque nous persistions à ne pas évoquer le sujet : ainsi elle était capable de raconter l'histoire, de lui donner corps, de l'inscrire dans une chronologie.

J'ai surtout pu constater l'effet que ses paroles, sa voix fluette, parfois hésitante, ses sanglots réprimés et ses pauses inévitables ont provoqué sur le jury. Chacun se disait : une jeune fille ne devrait pas avoir assisté à des choses aussi épouvantables. Chacun songeait : comment pourra-t-elle mener *une vie normale*, après ça ? Tous avaient envie de la serrer dans leurs bras. Certains fixaient ses chaussures aussi, ses étranges Dr. Martens : est-ce qu'elle n'était pas déjà perdue ?

Et, pendant tout ce temps, j'avais peur qu'elle flanche. Par là, j'entends : qu'elle s'écroule, qu'elle n'y arrive pas, que ce soit trop dur pour elle, je prêtais une attention exagérée aux inflexions de sa voix, à la nervosité de ses mains repliées sur la barre, au vacillement de ses jambes, je me tenais prêt à bondir s'il avait fallu, mais elle n'est pas tombée, non elle n'est pas tombée. Par là, j'entends aussi : qu'elle n'ose pas affronter notre père, qu'elle ait subitement pitié de lui, qu'elle revienne sur ses déclarations, qu'elle les atténue, ou qu'elle cède aux coups de boutoir de la partie adverse, mais elle n'a pas cédé. Il lui en a coûté, je le sais. Plus tard, elle m'a avoué : « Chaque fois que c'était difficile, je pensais à la photo de maman sur son cercueil. Et aux anges sur les vitraux à l'église. »

Enfin, alors qu'elle s'apprêtait à quitter la barre, Léa s'est raclé la gorge et a murmuré : « Il y a quelque chose que j'aimerais ajouter… Quelque chose que je n'ai pas raconté… » Je me suis aussitôt raidi sur mon banc tandis qu'un bruissement parcourait l'assistance. L'avocate m'a jeté un regard inquiet auquel j'ai répondu d'un haussement d'épaules qui témoignait de mon ignorance.

« Quand je me suis penchée sur ma mère, elle n'était pas morte. Il lui restait juste assez de force pour agripper mon bras… Elle a essayé de parler mais elle n'y est pas arrivée. Alors, comment vous dire… ses yeux ont parlé pour elle… Il y avait de la terreur dans ses yeux… Parce qu'elle avait compris qu'elle allait mourir. Parce qu'elle avait compris qu'elle ne serait plus là pour nous protéger. Finalement, elle a réussi à articuler le début d'une phrase : "Promets-moi de…" Juste après, sa tête a roulé, c'était fini… Et moi, je saurai jamais quelle promesse je dois tenir. »

Il s'est ensuivi un silence gigantesque de quelques secondes avant que des tas de gens dans l'assistance n'éclatent en sanglots, moi le premier. L'avocate est restée bouche bée. La présidente a baissé la tête et cherché une contenance en feuilletant le lourd dossier devant elle. Parmi les jurés, certains ont porté leur main devant leur bouche, pour étouffer un cri, un trop grand ébranlement. Même Pierre Verdier, qui se tenait debout au fond de la salle, a dû s'asseoir, sous le coup de l'émotion. Ainsi, il pouvait se fissurer, c'était rassurant.

Quand Léa a regagné sa place, notre père, qui n'avait déjà à peu près aucune chance de s'en tirer, était foutu.

Elle lui a jeté un dernier regard, buté et douloureux. Il m'a semblé qu'elle lui disait : je t'aimais, pourquoi a-t-il fallu que tu détruises nos vies ?

Notre père a été condamné à la réclusion criminelle à perpétuité, assortie d'une peine de sûreté de vingt-deux ans.

48.

Nous avons alors – naïvement – cru en avoir terminé. Notre mère reposait dans un cimetière, où nous lui rendions visite certains dimanches, avec des fleurs, notre père croupissait en prison sans que nous ne prenions de ses nouvelles, la maison avait été vendue pour une bouchée de pain, il avait fallu consentir cet effort pour que des gens acceptent de passer outre sa mauvaise réputation et l'acheter, nous nous arrangions pour ne plus traîner dans notre ancien quartier, avec Mme Bergeon on se téléphonait. Le pire pouvait sembler derrière nous.

Nous allions « reprendre nos marques », est même allé jusqu'à prophétiser notre grand-père. J'ai été frappé par cette expression. Elle laissait entendre une tentative de retrouver la vie d'avant, mais c'était impossible, la vie d'avant ne se retrouverait pas, l'innocence c'était fini, l'insouciance c'était fini, l'espoir d'un sort meilleur c'était fini, nous pouvions juste espérer surmonter un jour notre commotion et vivre avec nos blessures et nous efforcer de nous débrouiller avec le manque.

Nous avons néanmoins connu quelques mois de calme. Un calme dont nous sentions qu'il était précaire, menacé à chaque instant mais qui pouvait donner l'illusion d'un certain équilibre. Avant de nous apercevoir qu'il était, en réalité, dangereusement trompeur.

Ainsi, de mon côté, je m'efforçais de prendre du plaisir à enseigner à mes jeunes élèves. Cependant, il me fallait reconnaître que je ne m'épanouissais guère dans mon travail. D'abord, il s'agissait d'une mission ingrate : je devais intéresser des gamins qui se lassaient vite ou se décourageaient tout aussi vite, des enfants de bourgeois sans autre talent que l'ambition de leurs parents, je devais répéter les mêmes phrases, les mêmes exercices, les demi-pliés et les développés, sans constater de réels progrès, sans détecter de potentiel, sans espérer tomber sur un prodige. Et je ne pouvais m'empêcher de penser à Paris, je me disais : je serais peut-être premier danseur à l'heure qu'il est, j'arpenterais la scène de l'Opéra Bastille, j'interpréterais Des Grieux dans *Manon Lescaut* ou le prince Siegfried dans *Le Lac des cygnes*, ce serait une belle vie, la vie dont j'avais rêvé. Je recevais des nouvelles des uns et des autres, je contemplais leurs trajectoires, les nouvelles néanmoins se faisaient plus rares, parce qu'elles m'étaient cruelles et parce que mes anciens compagnons étaient passés à autre chose et m'oubliaient peu à peu.

Être rongé par la frustration n'aide pas à guérir.

Le soir, il n'était pas rare que je file à Bordeaux pour traîner au Coco Loko. Je dansais jusqu'à l'épuisement au rythme d'une musique pop sucrée qui me détendait, ou d'un son électro qui me mettait en transe, mes cheveux mangeaient mes joues, mes tee-shirts puaient la transpiration. Je buvais plus que de raison, mélangeant les alcools, les cocktails, avalant la bière chaude qu'un client avait abandonnée au fond d'un gobelet en plastique. J'acceptais parfois l'ecsta qu'un étranger me proposait et que je gobais, caché derrière la porte des chiottes. Juste avant la fermeture, je rejoignais dans leur loge les drags, certaines étaient devenues mes amies, et, sur le coup de deux heures du matin, on se retrouvait à tanguer du côté des Capucins, au milieu d'une faune étrange, dans les odeurs sales du marché. Il m'arrivait aussi régulièrement de suivre un inconnu dans sa chambre d'étudiant ou dans son appartement cossu de la place de la Bourse, je me faisais baiser sans y accorder la moindre importance, je repartais dès mon affaire faite, je prenais le premier tramway du matin pour rentrer à Blanquefort avant que ma sœur et mon grand-père ne se réveillent.

Quelquefois, je me surprenais à regretter de ne pas être amoureux, de ne pas rencontrer un type auquel je pourrais m'attacher et puis je comprenais que ce n'était pas pour moi, que j'étais parfaitement incapable d'envisager une relation affective stable.

Peut-être les hommes me faisaient-ils peur. Les hommes étaient des assassins.

Je voulais croire qu'il fallait bien que jeunesse se passe, cependant j'avais fini par admettre que la jeunesse n'y était pour rien : je dérivais, cela ne faisait aucun doute, cette évidence sautait aux yeux de tout le monde, et désormais c'est moi qu'elle rattrapait.

En réalité, il était chimérique d'escompter se débarrasser, *avec le temps*, du traumatisme que nous avions vécu. La violence du choc demeurait étrangement intacte et les cauchemars ne diminuaient pas. J'avais besoin d'aide. J'ai alors pris la résolution (vertigineuse pour moi) d'entamer une thérapie. Si je parlais à un psy moi aussi, si je *disais* cette violence, j'aurais peut-être une chance d'aller un peu mieux.

Je n'ai pas oublié ma première séance. J'ai fait le malin tout du long, esquivant une fois de plus l'essentiel. Lorsqu'elle a pris congé de moi, la praticienne m'a juste dit, d'une voix douce mais sans réplique : « Comprenez juste une chose : c'est votre peau qui est en jeu et vous ne vous en sortirez pas avec des pirouettes. » La séance d'après, j'ai commencé à rectifier le tir.

49.

De son côté, Léa, dont j'avais conjecturé que le procès la libérerait, végétait. Ses résultats scolaires étaient toujours médiocres. Ses copines venaient de moins en moins lui rendre visite. Un jour, l'une d'elles, croisée sur la dalle devant notre immeuble, alors qu'elle repartait, m'a lancé, désespérée : « Elle est trop déprimante. » Elle n'ouvrait presque plus la bouche lorsqu'elles se réunissaient, n'exprimait jamais aucune envie particulière. Elle était devenue « un boulet, je suis désolée de dire ça, mais c'est vrai », avait ajouté la copine. Elle semblait même bloquée dans son développement. Alors qu'elle aurait dû devenir une jeune femme, elle demeurait une enfant, en tout cas sur le plan intellectuel. Comme si le temps s'était sinon arrêté, du moins avait ralenti sa course.

Et mon grand-père et moi, nous ne disposions d'aucun renfort. Il n'y avait pas d'autres amis, plus de famille, les proches étaient rares. Nous n'avions à offrir que notre grand amour, notre pauvre amour.

Le coup de grâce est arrivé lorsque, un matin, la prison nous a appelés : notre père avait tenté de se suicider au cours de la nuit précédente. Il avait survécu mais était mal en point, on s'occupait de lui à l'infirmerie. Le visage de ma sœur s'est aussitôt transformé. « Je veux le voir », a-t-elle murmuré entre ses dents. Il y avait une telle détermination dans son expression que je n'ai même pas tenté de l'en dissuader.

Comme je ne pouvais pas le moins du monde envisager de reprendre contact avec celui qui était la source de notre malheur, il a été convenu que papy l'accompagnerait. Je les ai regardés partir et il m'a semblé voir du bétail se diriger vers l'abattoir. Je n'attendais rien de bon de ces retrouvailles. Elles rouvriraient les plaies, effaceraient les efforts de ma sœur pour accomplir son deuil, la feraient repartir de zéro. Pire encore, elles aggraveraient probablement son dérèglement si elle se laissait impressionner par l'état du détenu, la désorienteraient un peu plus. Je ne croyais pas si bien dire.

Au retour, alors que je ne demandais rien, elle a tenu à me raconter sa visite au parloir. Elle m'a parlé de la lourde porte, des papiers à présenter, des effets personnels à abandonner, des contrôles à franchir, des sas, des couloirs à la peinture écaillée, d'une odeur âcre de transpiration, des bruits d'interpellations lointaines, incompréhensibles, d'un maton qui s'est montré gentil, de la pièce minuscule où on lui a commandé de s'asseoir, de l'attente, de sa vigilance inquiète – elle se tenait aux aguets –, de la disparition du monde extérieur – tous les bruits parvenaient amortis, la fenêtre était opaque, les règles n'étaient pas les mêmes, s'il lui arrivait quelque chose, qui serait au courant ?

Elle m'a décrit l'apparition de mon père, affaibli, amaigri, pas rasé, un fantôme, un spectre. Il lui a immédiatement fait pitié. Il portait aux poignets des bandages pour dissimuler les entailles qu'il s'était faites avec un couteau dérobé aux cuisines. Il a posé ses mains sur celles de sa fille et elle ne les a pas retirées. Il lui a demandé comment elle allait, elle n'a pas su quoi lui répondre, ne lui a pas retourné sa question. Il a alors expliqué qu'il avait cherché à mourir non parce qu'il ne supportait plus l'enfermement, ou la folie d'être privé de liberté jusqu'à la fin de ses jours, mais parce qu'il était rongé par la culpabilité et le chagrin. Son acte le hantait. Il n'en dormait plus. Il avait voulu que « ça s'arrête ». Léa m'a assuré qu'elle l'avait cru sur le moment, qu'elle n'aurait sans doute pas dû mais c'était « comme ça ». Rentrée à la maison, elle le croyait encore, un peu moins, mais ça ne s'était pas effacé.

Je n'ai pas osé la contrarier. Après tout, il disait peut-être vrai. Sauf que moi, j'avais besoin de mon père dans le rôle du méchant. C'est à cette condition que je ne sombrais pas. Il fallait que ce soit blanc ou noir. La zone grise où évoluait ma sœur, je ne l'aurais pas supportée. D'ailleurs, elle ne la supportait pas. Elle ne savait pas s'en dépêtrer.

Et puis, les regrets tardifs, ça changeait quoi ? Il avait tué notre mère. Personne ne nous la rendrait.

D'ailleurs, pourquoi si tardifs, ces regrets ? Il aurait mieux valu les exprimer au tout début du procès plutôt que de tenter de se tirer d'affaire en se présentant en mari parfait et en se prétendant irresponsable. Je n'oubliais rien.

Et son suicide, s'il l'avait réussi, il ne nous aurait pas entraînés, Léa et moi, un peu plus par le fond, peut-être ? Même raté, il nous envoyait déjà valdinguer.

Pour autant, donc, je me suis tu. J'ai laissé ma sœur à son ambivalence et je suis retourné à ma radicalité. Nos chemins allaient diverger un peu plus. Ce que j'ignorais alors, c'était qui de nous deux avait pris le bon. Si tant est qu'il existât un bon chemin.

Ce que je sais, en revanche, c'est que la détérioration de son état s'est accélérée. Quelques semaines plus tard, j'ai découvert qu'elle se scarifiait.

50.

Évidemment, elle ne m'en a rien dit. L'automutilation est d'abord un geste intime, un acte secret.

Ce qui m'a mis en alerte, c'est de la voir porter un pull à manches longues alors que l'été arrivait et que de grosses chaleurs s'étaient installées dans la région. Quand je l'ai questionnée, elle s'est montrée évasive. Alors que j'insistais, elle est devenue querelleuse, ce qui ne lui ressemblait pas. Une alarme s'est aussitôt allumée et, contre tous mes principes, j'ai osé saisir son bras et remonter une de ses manches. Ce que j'ai vu alors m'a horrifié.

Partout des coupures, plus ou moins étendues, plus ou moins superficielles, qui pouvaient avoir été faites avec une lame de rasoir ou la pointe d'un couteau.

J'ai contemplé Léa comme j'aurais contemplé une étrangère. J'avais conscience de sa souffrance, je constatais chaque jour sa langueur mais pas un instant je n'avais imaginé que le mal pouvait se manifester ainsi.

Ce qui m'a rassuré (un bien grand mot), c'est qu'elle ne m'a pas crié dessus, n'a pas retiré son bras, qu'elle ne s'est pas enfuie. À la place, elle m'a offert un regard misérable, vaincu. Je me suis dit qu'elle devait être soulagée que j'aie percé à jour son effroyable rituel clandestin.

Elle m'a alors avoué que les mutilations duraient depuis des mois. Un jour, elle ne savait plus très bien pourquoi, elle avait pris son compas dans la trousse devant elle, s'était entaillé la peau et ça lui avait fait du bien. De sorte qu'elle avait rapidement recommencé. Et parce qu'elle redoutait d'être démasquée, elle avait choisi des endroits cachés : les cuisses, le ventre.

Elle racontait cela avec une sorte de douceur, de quiétude. Je l'écoutais, au bord de la nausée.

Quand elle s'est tue, j'aurais peut-être dû me montrer affable, affectueux, mais non, je l'ai saisie par les épaules et j'ai hurlé : « Il faut que tu arrêtes, que tu arrêtes tout de suite. » Ma virulence l'a étonnée. Ainsi, les choses étaient plus graves qu'elle ne le pensait. Car, au fond, elle s'était accoutumée à ces incisions, elle n'y voyait pour elle-même rien d'alarmant. Au contraire, elle en tirait un certain apaisement. À sa façon, elle extériorisait quelque chose, elle se libérait d'un mauvais sang. De son point de vue, j'aurais presque dû lui donner raison. Mon courroux la décontenançait, et surtout la ramenait au réel : ces blessures qu'elle s'infligeait n'avaient rien de curatif, rien de bon.

Le jour même, j'ai exposé ma découverte à ma psy, laquelle a confirmé mes pires craintes. Sur un plan psychologique, il s'agissait d'une agressivité qu'elle retournait contre elle-même. Le fait que les entailles soient dissimulées n'était pas une commodité, il signifiait que le mal-être était profond. Le traumatisme, à l'évidence, n'avait pas du tout été digéré. Puis elle a ajouté un commentaire que j'ai accueilli comme on attrape une bouée de sauvetage : cette mutilation correspondait à un besoin de reprendre le contrôle sur elle-même. La douleur maîtrisée – car elle était maîtrisée, aussi curieux que cela puisse paraître – était le moyen que ma sœur avait trouvé pour sortir de sa passivité.

Le réconfort a été de courte durée. La psy a, en effet, juste après, prononcé des paroles terribles : « Il faut que vous sachiez que les scarifications peuvent être des signes avant-coureurs d'un passage à l'acte suicidaire. »

Léa devait recommencer à consulter un professionnel (elle avait arrêté ses séances au bout de quelques mois à peine et nous n'avions pas osé la contraindre à continuer). Si elle refusait, alors je devrais accomplir les démarches à sa place.

Léa a refusé.

51.

Cela fait maintenant dix-huit mois que ma sœur fréquente cet *établissement spécialisé*, ainsi qu'on les désigne pudiquement.

Mais je vais trop vite. D'abord, j'ai usé d'un subterfuge, faisant venir à notre domicile un psychiatre, sans mentionner sa profession. Il s'agissait d'engager une conversation sans qu'elle se doute de rien. Elle s'y est prêtée. Était-elle à ce point crédule ou avait-elle compris ma ruse ? Toujours est-il que le verdict a été sans appel : Léa souffrait d'une dépression sévère qui exigeait qu'on l'hospitalise. Elle a redit son opposition, si bien qu'elle a dû se plier à une HDT, une hospitalisation à la demande d'un tiers. Le tiers, c'était moi.

Le but poursuivi alors était, m'a-t-on confirmé, de la protéger contre une éventuelle *tentation d'en finir.*

À cette occasion, le médecin m'a expliqué qu'il ne servait à rien que je m'épuise à lui venir en aide. Il ne doutait pas de mes bonnes intentions, mais je n'arriverais pas à la remettre sur pied, je n'étais tout simplement pas armé pour, il y avait des gens pour ça.

Pour autant, le moment où j'ai signé le document posé bien à plat devant moi, où, d'un trait de plume, j'ai privé ma sœur de sa liberté, décidé à sa place ce qui était bon pour elle, ce moment-là me hantera longtemps.

À l'hôpital, on l'a tout de suite considérée comme une patiente dont l'état inspirait les plus grandes inquiétudes.

Moi, je croyais encore (j'avais besoin de croire) qu'elle était simplement sujette à des accès de mélancolie et passait par des phases d'abattement. En retour, on m'a dit : « On va veiller à ce qu'elle s'alimente normalement, qu'elle surveille son hygiène et on va essayer de dialoguer avec elle. » Cela a suffi pour que j'admette que nous avions véritablement changé de dimension.

Ils ont enclenché ce qu'ils ont qualifié de psychothérapie de soutien et l'ont associée à un traitement à base d'anxiolytiques. On m'a parlé de benzodiazépines, de neuroleptiques sédatifs. On lui a aussi administré des somnifères dans les premiers temps. J'étais abasourdi.

Chaque jour, je me demandais si j'avais eu raison, si le remède n'était pas pire que le mal, si je ne devais pas la retirer de cet établissement. On me répondait : « Nous comprenons vos interrogations et votre culpabilité. Mais notre rôle est de vous dire que, si vous la ramenez chez vous, nous ne pouvons pas exclure qu'elle attente à ses jours. »

Après l'hôpital, elle a été admise ici. Du dehors, on jurerait un hôtel de milieu de gamme, une sorte d'Ibis, entouré de cyprès. À l'intérieur, cette impression ne se dissipe pas. Les tons sont pastel, les couloirs sont calmes, ils desservent des chambres individuelles, chacune disposant de son petit balcon. Ce qui détrompe, ce sont les tenues du personnel, évidemment. Et les cris qu'on entend, de temps en temps. Ou le regard halluciné d'un patient, éteint d'un autre. Ou la démarche erratique d'un troisième. Entre ces murs, on soigne les comportements bipolaires, les troubles obsessionnels compulsifs, les paniques, les phobies, les addictions, les anorexies, les boulimies, les délires de préjudice, les syndromes de glissement (tous ces termes me sont devenus familiers).

L'état de Léa s'y est peu à peu stabilisé, mais elle est devenue presque végétative. Elle ne se scarifie plus, ne se fait plus mal, elle vivote dans une sorte de mollesse, d'indolence. On ne sait pas m'indiquer quand elle en sortira. On m'assure qu'elle en sortira. Je prends mon mal en patience.

Je l'appelle tous les jours et je lui rends visite chaque fin de semaine. Quand il fait doux, nous nous installons dans le parc, elle y a son banc préféré, que personne ne lui dispute, juste à côté d'un citronnier. Elle a d'ailleurs vu récemment un documentaire sur les citronniers de Sicile, ça se passait dans les environs d'une ville qu'on appelle Noto, et m'a supplié de lui promettre que nous irions un jour. J'ai promis. Elle m'a appris que Pierre Verdier était venu la voir et j'en ai été bêtement touché.

Lorsque notre grand-père m'accompagne, elle lui demande invariablement : « Comment ça va au magasin ? » Et invariablement, il lui répond que ça va. Il ne lui précise pas que les gens lisent de moins en moins les journaux, qu'ils achètent de moins en moins de cigarettes. Elle a besoin de se persuader que certaines choses sont éternelles.

(À écouter leur conversation prévisible, je me rappelle parfois combien je voulais, lorsque j'étais adolescent, un destin qui sortirait de l'ordinaire, et c'est sans doute pourquoi la danse m'a attiré. Je ne rêvais pas de gloire, ou pas vraiment, je rêvais de quelque chose de singulier, qui s'opposerait à la routine, qui m'emmènerait sur des territoires nouveaux. Aujourd'hui, je pourrais supplier un dieu imaginaire de me rendre une vie simple. Aujourd'hui, cette parlotte tranquille sur un banc me rassure.)

Certains après-midi, nous ne disons rien pendant des heures.

Du reste, ce sont cette immobilité et cette langueur qui, un jour, ont provoqué ma décision d'écrire notre histoire. Car, contemplant Léa murée dans sa nuit personnelle, je me suis rendu compte que, pour le monde extérieur, nous n'étions que des victimes *collatérales*. Pour cette raison, on nous priait d'être des victimes invisibles et silencieuses. Et j'ai refusé de me résoudre à cette invisibilité, à ce silence.

Je crois que j'écris aussi pour tenter de reconstruire nos existences détruites. Nous en avons bien le droit.

Que je vous dise encore : ce dimanche, j'emmène Léa à Arcachon. On commencera par la Ville d'Hiver, cet écrin niché dans les hauteurs, avec ses villas extravagantes qui surplombent le bassin. On admirera les façades en brique, les balcons colorés, les lambrequins, on imaginera les femmes qui venaient s'installer jadis sous les vérandas, à la fin des après-midi, ou dans un jardin aux essences variées à l'ombre d'un pin parasol. Et puis on redescendra lentement vers le bord de mer. Léa affectionne les balades sur la plage. Et peut-être qu'elle sourira, pour me laisser croire qu'elle va mieux. Ou improvisera un pas de danse, « comme faisait maman ». J'aimerais tant voir ma sœur qui danse.

Composition et mise en pages
Nord Compo à Villeneuve-d'Ascq

#lisez engagé !
www.lisez.com
Pour plus d'information :
Imprimé sur du papier issu de forêts gérées durablement.

Imprimé en Espagne par Liberdúplex
en décembre 2023
N° d'impression : 114322

POCKET – 92, avenue de France, 75013 Paris

S33752/01